Schokoladenküsse

Clara Ann Simons

Schokoladenküsse

Clara Ann Simons

Index

KAPITEL 1   **5**

KAPITEL 2   **16**

KAPITEL 3   **24**

KAPITEL 4   **37**

KAPITEL 5   **46**

KAPITEL 6   **60**

KAPITEL 7   **69**

KAPITEL 8   **81**

KAPITEL 9   **90**

KAPITEL 10   **96**

KAPITEL 11   **103**

KAPITEL 12   **113**

KAPITEL 13   **121**

KAPITEL 14   **132**

KAPITEL 15   **140**

KAPITEL 16   **146**

ANDERE BÜCHER DER AUTORIN   **156**

Kapitel 1

Alicia

Es ist echt. Ich kann es kaum glauben, aber es ist echt. Es passiert wirklich.

Ich schließe meine Augen. Meine Knie zittern.

Ich atme tief durch und versuche, mich zu entspannen, während ich die Pralinen vorsichtig in die Vitrine lege. Ich stehe auf der anderen Seite der Theke, vom Gang aus, und betrachte sie wie ein potenzieller Kunde.

Ich wünschte, meine Großmutter könnte mich sehen. Ich weiß, dass sie sehr stolz wäre. Schließlich hat sie mir alles beigebracht, was ich über Schokolade gelernt habe.

Ich schaue auf und halte die Tränen zurück. Es ist kein Tag, um traurig oder melancholisch zu sein, sondern um zu feiern.

Hier bin ich. Alicia Martínez, Tochter von Einwanderern, mit ihrem eigenen Schokoladenladen. Und das in den legendären Shopping-Center De Sallow.

Und zu Weihnachten.

Wenn das nicht das Schicksal ist, das mir eine helfende Hand reicht, oder meine Großmutter, die mir aus dem Jenseits hilft, weiß ich nicht, was es ist. Menschen würden sich umbringen, um hier einen Laden zu haben, und ich habe es mit siebenundzwanzig Jahren geschafft.

Das ist meine große Chance. Ich darf es nicht vermasseln.

Vor allem, weil ich dann die Schulden der Bank bis zum Tag des Jüngsten Gerichts bezahlen muss.

Ich sehe mich um und es fällt mir schwer, die Realität zu akzeptieren. Dies ist das Königshaus des Handels. Das Juwel in der Krone der Stadt. Ich betrachte den polierten Boden, die hoch aufragenden Säulen und die glänzenden Kronleuchter. Seit Generationen hat es den Ruf, der Ort zu sein, an dem man sich sehen lassen kann, besonders zu Weihnachten. Wenn man in dieser Stadt ist, muss man in dieses Einkaufszentrum kommen.

Und wenn man sich keine berühmte Designer-Handtasche leisten kann, kann man sich bestimmt eine kleine Schachtel Pralinen leisten. Der Punkt ist, dass Verwandte und Freunde sehen, dass man an diesem Ort Geld ausgibt. Ich lächle vor mich hin: ein Kleinstadtmädchen umgeben von den teuersten Marken.

Das zuckrige Aroma meiner Schokolade vermischt sich mit einem undefinierbaren Duft, vielleicht von Zimt und Kiefer, der durch die geschäftigen Lagerhallen weht und die perfekte Atmosphäre schafft.

Es ist, als wäre man in einer Weihnachtsgeschichte. Alles ist bis auf den Millimeter genau geplant, damit man sein Portemonnaie öffnet und den Gehaltsscheck hier lässt. Von der Dekoration bis zum Klang der Weihnachtslieder, die im Hintergrund laufen. Die Familie De Sallow nutzt schon seit Generationen kleine Tricks, um einen zum Kauf einzuladen.

Eine halbe Stunde bis zur Eröffnung. Ich streiche meine Schürze glatt und beobachte die Verkäuferinnen in den anderen Läden um mich herum, die damit beschäftigt sind, alles für den Einlass der Kunden vorzubereiten.

Und wenn die Läden wie ein Weihnachtsmärchen aussehen, dann ist die Frau, die den Kleiderladen vor mir betritt, die Perfektion. Sie muss eine der Assistentinnen des Besitzers sein, denn sobald sie sie sehen, eilen die Verkäuferinnen herbei, um ihre Röcke zurechtzurücken und ihre Namensschilder anzupassen.

Scheiße, ich liebe die typischen Eisköniginnen. Dieses Überlegenheits- und Machtgehabe macht mich wahnsinnig, denn normalerweise schmelzen sie im Bett.

Ich halte beim Herstellen einer in Schokolade gedippten Erdbeere inne und ruiniere sie fast. Der strenge schwarze Anzug, den sie trägt, schmiegt sich perfekt an ihren Körper und hebt jede Kurve hervor. Ihr blondes Haar ist zu einem engen Pferdeschwanz hochgesteckt, und ihr Hals... Scheiße, ich würde mit meiner Zungenspitze bis ans Ende meiner Tage über diesen Hals gleiten.

Konzentriere dich, Alicia.

Aber diese Frau strahlt Macht und Einschüchterung hinter ihrer scheinbar zerbrechlichen Figur aus. Jedes Mal, wenn sie auf etwas zeigt, das in einer der Auslagen nicht richtig platziert ist, verlieren die Verkäuferinnen und Verkäufer die Farbe im Gesicht.

Und das Schicksal muss auf meiner Seite sein, denn die Managerin dieses Ladens, die Assistentin des Besitzers oder was auch immer sie ist, dreht sich auf dem Absatz um und kommt auf mich zu.

Ihr Gesicht ist nicht zu entziffern und lässt meinen Puls rasen. Okay, vielleicht hat das Letztere etwas mit den Fantasien zu tun, die mir plötzlich durch den Kopf gehen. Meine Freundin Rosa sagt, dass ich schon zu lange keine Freundin mehr habe.

„Guten Morgen", grüßt sie ernsthaft, während sie die Hauptvitrine inspiziert.

„Guten Morgen, mögen Sie Schokolade?", erwidere ich mit meinem besten Lächeln.

„Was?"

Die Frau sieht mich an, als hätte ich gerade etwas auf Aramäisch gesagt. Ich weiß, dass ich, wenn ich nervös bin, immer noch einen leichten mexikanischen Akzent habe, aber kaum noch. Ich verstehe nicht, was mit ihr los ist. Oder vielleicht hört sie nicht gut. Tatsache ist, dass ihre blauen Augen mich mit einer Intensität anstarren, die mich dahinschmelzen lässt, obwohl diese schönen Lippen nicht die geringste Spur eines Lächelns zeigen.

„Schokolade, ob Sie Schokolade mögen", wiederhole ich, etwas langsamer.

Ihr Blick ist jetzt noch verwirrter. Sie runzelt die Stirn und sieht mich an.

„Sind alle rechtlichen Dokumente in Ordnung?", platzt sie schließlich heraus und durchbricht die peinliche Stille.

9

Schokoladenküsse   Clara Ann Simons

„Ja. Von einer Armee von Anwälten aus dem Einkaufszentrum geprüft und wieder geprüft", versichere ich ihr und versuche, ein verführerisches Lächeln aufzusetzen.

Kein Ring an ihrem Finger. Das ist ein gutes Zeichen.

Sie schaut sich die Hauptvitrine genau an und runzelt die Augenbrauen, kein einziges Haar ist fehl am Platz. Ich für meinen Teil konzentriere mich auf ihre Hände. Lange Finger, kurze, manikürte Nägel. Ein perfekter Hintern. Nun, das gehört nicht zu den Händen, aber ich kann nicht anders, als darauf zu achten.

„Das ist alles sehr gut zusammengestellt", sagt sie plötzlich und nickt, während sie sich von der Vitrine entfernt.

Für einen Moment bin ich kurz davor zu erwidern, dass ihr Körper gut zusammengestellt ist, aber ich glaube nicht, dass dies der richtige Zeitpunkt ist.

„Diese handgefertigten Pralinen werden auch die anspruchsvollsten Gaumen erfreuen", versichere ich ihr, wobei ich meinen Tonfall so professionell wie möglich halte.

„Sie sehen gut aus."

„Und sie schmecken noch besser", flüstere ich, nehme eine davon und biete sie ihr an.

Wieder sieht sie mich verwundert an, fast so, als ob ich sie vergiften wollte oder so. Ich weiß aber nicht, ob sie das gleiche Kribbeln in ihrem Unterleib gespürt hat wie ich, als sich unsere Finger berührten.

„Danke", antwortet sie und nimmt einen Bissen, während sie nervös auf ihre Uhr schaut und den Laden verlässt.

Ich sehe zu, wie sie den breiten Gang hinuntergeht und kann nicht anders, als einen Seufzer auszustoßen, von dem ich gar nicht wusste, dass ich ihn unterdrückt hatte, als sie das letzte verbliebene Stück der Praline isst. Verdammt, ich hoffe, sie kommt jeden Morgen, um den Laden zu inspizieren.

Zu meinem Entsetzen öffnen sich die Türen des Kaufhauses und eine Welle von Menschen strömt herein. Die ersten zwei Stunden vergehen wie im Flug, die Kunden kommen ins Scharen und ich bedaure, dass ich nicht mehr Pralinen der beliebtesten Sorten vorbereitet habe.

Und vielleicht bilde ich mir das nur ein, aber ich könnte schwören, dass die Frau, die heute Morgen meinen Laden inspiziert hat, zwei oder drei Mal abgelenkt an mir vorbeigegangen ist. Und jedes Mal ist sie langsamer geworden.

Vielleicht ist die Anziehung, die ich spüre, nicht einseitig.

Am Vormittag sehe ich sie wieder. Sie steht vor einem großen Weihnachtsbaum, der stolz neben einer der Rolltreppen steht. Sie wirft einen nachdenklichen Blick auf meinen Laden und ich begegne ihren schönen blauen Augen.

Ich lächle. Sie tut so, als würde sie es nicht sehen. Stattdessen tut sie so, als würde sie sich sehr für die Aufwärtsbewegung der Treppe interessieren.

Ohne mir helfen zu können, überlege ich nicht lange und mache mir zwei Tassen heiße Schokolade. Ich gebe etwas Karamell, Zimt und frische Schlagsahne dazu und gehe zu ihr hinüber.

Sie schaut auf und runzelt überrascht die Stirn, als sie mich neben sich stehen sieht.

„Was...?"

„Ich dachte, Sie könnten vielleicht eine Tasse heiße Schokolade gebrauchen. Sie ist selbstgemacht, nach

Familienrezept", füge ich mit einem Augenzwinkern hinzu.

Ihre Wangen sind leicht karmesinrot und mein Verstand verrät mich, indem sie sich denselben Farbton in ihrem Dekolleté vorstellt, während wir Liebe machen. Ich spüre den Druck meiner Brustwarzen gegen den Stoff meines BHs.

Konzentriere dich, Alicia.

Sie zögert einen Moment, so als wüsste sie nicht, ob sie während der Arbeitszeit ein kleines Geschenk erhalten darf. Es ist möglich, dass dieses Einkaufszentrum eine sehr strenge Politik mit seinen Angestellten hat und der Tyrann, der es leitet, ihnen während der Arbeitszeit nichts zu sich nehmen lässt.

„Ich verspreche, dass sie nicht vergiftet ist", scherze ich.

„Wow", seufzt sie nach dem ersten Schluck und ein Schokoladenfleck bildet sich um ihre Lippen, den ich am liebsten mit meiner Zunge wegwischen würde, „sie ist so gut", fügt sie hinzu.

„Es ist schön, sich ab und zu etwas zu gönnen", flüstere ich und hebe meine Tasse zum Anstoßen. Ich frage mich, ob sie die doppelte Bedeutung meines Satzes verstanden hat.

Wir trinken eine Weile schweigend, obwohl ich schwören könnte, dass ich den ersten Anflug eines Lächelns auf ihren Lippen gesehen habe. Sie trägt sich immer mit einer unaufdringlichen Eleganz, ihr Rückgrat ist gerade und ihr Kinn hoch.

Viel zu schnell trinkt sie ihre Tasse Schokolade aus und gibt sie mir mit einem schwachen Lächeln zurück.

„Danke, ich bin spät dran und habe noch viel zu tun", fügt sie hinzu, bevor sie sich auf dem Absatz umdreht und die Rolltreppe in die oberste Etage nimmt.

„Warte!", rufe ich. „Was ist Ihre Lieblingsschokolade?"

Jetzt lächelt sie. Sie verengt ihre Augen amüsiert, bevor sie antwortet.

"Dunkle Schokolade mit einem Hauch von Orange", antwortet sie, während sie schüchtern zum Abschied winkt.

Ich kehre in meinen Laden zurück und der Rest des Tages vergeht wie im Flug. Langsam gehen mir die Vorräte aus, also nutze ich die Mittagspause, um den Laden zu schließen und mich in die kleine Küche im Hinterzimmer zurückzuziehen, um die Sorten zuzubereiten, die am meisten gefragt waren.

Währenddessen schmelze ich meinen besten Kakao und forme ein halbes Dutzend Bonbons aus Zartbitterschokolade zu Herzen, denen ich einen Hauch von Orange, Zimt, Vanille und Nelken hinzufüge.

„Ich glaube, du hast einen Verehrer", scherzt meine Freundin Rosa, die ich als Weihnachtshilfe eingestellt habe.

Ich hebe meinen Blick und da ist sie wieder und inspiziert den Laden auf der anderen Straßenseite. Sie wirft mir einen verwirrten Blick zu, aber dieses Mal zieht sie ihn nicht zurück, als sich unsere Blicke treffen.

„Die sind für Sie", sage ich und reiche ihr eine kleine Schachtel mit Pralinen und einer roten Schleife. „Ich hoffe, sie gefallen Ihnen."

Wieder dieses Lächeln. Halb Überraschung, halb versteckte Schüchternheit. Das leichte Erröten, als sie die Pralinenschachtel erhielt. Wenn sie jeden Tag die Läden beaufsichtigen soll, wird das eine große Ablenkung sein. Da bin ich mir sicher.

Ich folge ihrem Blick, als sie weggeht. Sie dreht den Kopf und lächelt, als sie sieht, dass ich sie im Auge behalte, und ein "Danke" hängt in der Luft, bevor sie in der Menge verschwindet.

Kapitel 2

Sidney

Die fröhlichen Töne von Weihnachtsliedern hallen durch das Einkaufszentrum. Mein Vater war da immer sehr deutlich. "Weihnachtslieder bringen die Leute dazu, ihr Portemonnaie zu zücken", sagte er mir immer wieder. Mehr als die Hälfte unseres Umsatzes machen wir in der Weihnachtszeit und alles ist so eingerichtet, dass es zum Einkaufen einlädt.

Wo unsere Kunden bunte Lichter und einen großen Weihnachtsbaum sehen, sehe ich Geld.

Leider ist es auch die arbeitsreichste Zeit für mich. Es gibt immer wieder Sendungen zu koordinieren, Mitarbeiter zu beaufsichtigen, Verkaufsprognosen. Wie mein Vater zu sagen pflegte: "Freizeit zahlt die Rechnungen nicht, du ruhst dich aus, wenn du deine Ziele erreicht hast." Das Problem ist, dass er mir nie klar gemacht hat, was diese Ziele sind.

Ich ziehe meinen Pferdeschwanz fester und atme tief ein, bereit zum Kampf. Manchmal kommt es mir so vor, als würde der Geist meines Vaters immer noch im

Einkaufszentrum herumspuken und jede meiner Entscheidungen beurteilen.

Er hat mir von klein auf beigebracht, dass ich kalt sein, Mauern um mich herum aufbauen und keine Schwächen zeigen soll, damit mich niemand ausnutzen kann. "Die Angestellten müssen dich fürchten", wiederholte er, als ich zu arbeiten begann. "Sie sind nicht deine Freunde. Wenn du einen Freund willst, kauf dir einen Hund", pflegte er hinzuzufügen.

Als ich im ersten Stock ankomme, um die neuen Modekollektionen zu durchstöbern, weht der Duft von Kakao durch die Luft. Für einen Moment halte ich inne. Erinnerungen an meine Kindheit, als ich mit meiner Großmutter Schokoladenstückchen in den Plätzchenteig mischte, werden wach. Erinnerungen an eine einfachere Vergangenheit, als mir die Weihnachtsferien noch etwas bedeuteten.

Ich schüttle den Kopf, um diese Gedanken zu vertreiben. Keine Zeit für so etwas. Zum Glück holt mich Claire, eine meiner Assistentinnen, schnell in die Realität zurück.

„Guten Morgen, Miss De Sallow", grüßt sie und versucht, mit mir Schritt zu halten. „Sieht so aus, als würde der neue Schokoladenladen im Internet gute Kritiken bekommen", berichtet sie.

Ich bleibe stehen und mein Blick fällt auf die Frau in der lila Schürze, die hinter einer Glasvitrine reihenweise Pralinen sortiert. Ihr Haar schwingt hin und her, während sie mit ihrer Kollegin scherzt, und die dummen Schmetterlinge, die ich gestern gespürt habe, kehren in meinen Magen zurück.

„Das arme Mädchen scheint fast die ganze Nacht aufgeblieben zu sein, um Pralinen zu machen. Gestern ist sie mitten am Nachmittag rausgelaufen", sagt Claire.

„Oh", antworte ich kühl.

Ich ziehe es vor, nicht darüber nachzudenken und das Tempo zu erhöhen. Für so einen Unsinn habe ich keine Zeit.

„Gerüchte besagen, dass sie einen großen Kredit aufgenommen hat, um den Laden zu eröffnen. Es war ihr Lebenstraum, aber wenn es schiefgeht, ist sie tot", fügt Claire hinzu, die heute Morgen besonders gesprächig ist.

Jetzt horche ich auf. Ich weiß nicht, warum aber ich tue es.

Ich beobachte, wie Alicia die letzten Pralinen mit millimetergenauer Präzision platziert und kann nicht umhin, die großen Augenringe unter ihren Augen zu bemerken. Sie hat eine der Pralinen auf den Tisch fallen lassen, lacht und steckt sie sich in den Mund. Aus irgendeinem Grund weiß ich nicht, warum ich auch lächle.

„Erzähl mir von ihr", bitte ich meine Assistentin.

Claire schaut überrascht, erholt sich aber sofort.

„Ihr Name ist Alicia Martínez. Ihre ganze Familie zog aus Mexiko weg, als sie sieben Jahre alt war, auf der Suche nach besseren Möglichkeiten. In den letzten Jahren hat sie bei ihrer Großmutter gelebt, die ihr beigebracht hat, wie man Pralinen herstellt und so weiter", erklärt sie.

„Ihre Großmutter?"

„Ich habe dir nichts gesagt, okay? Es wird jedoch gemunkelt, dass ihre Eltern es nicht gut aufgenommen haben, als sie sich als Lesbe geoutet hat. Ihre eigene Schwester weigert sich, mit ihr zu sprechen. Sie war völlig isoliert. Sie hat sich mit Gelegenheitsjobs über Wasser gehalten, obwohl sie ihren Traum, in diesem Einkaufszentrum einen Laden zu eröffnen, nie aufgegeben hat", fügt sie hinzu und senkt ihre Stimme.

19

Ein unerwarteter Schmerz setzt sich in meiner Brust fest. Das Verhältnis zu meiner Familie war immer angespannt. Von außen betrachtet schienen wir perfekt zu sein, aber sobald man an der Oberfläche kratzte, konnte man sehen, dass für meinen Vater Geld und Erfolg immer an erster Stelle standen. Dann kamen seine Geliebten, die immer viel jünger waren. Er entledigte sich ihrer alle paar Monate, obwohl keine von ihnen mit leeren Händen ging. Dann waren da noch Golf, sein Rennpferd, die Yacht und die Autos. Am Ende der Liste standen meine Mutter und ich.

Wir hatten nie eine wirkliche familiäre Bindung, aber zumindest hatte sie nichts dagegen, wenn ich ihr sagte, dass ich Frauen mag.

„Armes Ding, ihre Großmutter ist erst vor drei Monaten gestorben", fährt Claire fort. „Sie hat nie erlebt, wie sie den Laden eröffnet hat."

Ich flüstere ein kurzes "Fuck", von dem ich hoffe, dass meine Assistentin es nicht gehört hat, und schaue zurück zu Alicia. Sie unterhält sich mit einer Mutter, während ein kleines Mädchen von etwa vier Jahren eifrig auf die Vitrine zeigt und ihre schmutzigen Fingerabdrücke auf dem Glas hinterlässt.

„OK, halte mich auf dem Laufenden, wie sie sich einlebt", bitte ich. „Ich muss dafür sorgen, dass alle neuen Geschäfte im Einkaufszentrum einen guten Start haben", gebe ich zu bedenken.

Claire nickt und weitet ihre Augen angesichts meines plötzlichen Interesses, während sie sich daran macht, einige Berichte vorzubereiten, um die ich gebeten habe.

Ich will weggehen, aber mein Blick wandert zurück zu ihrem Laden. Diese Frau hat etwas an sich, das mich wie ein Magnet anzieht, und damit meine ich nicht nur ihre körperliche Schönheit, die unbestreitbar ist. Ich weiß nicht, vielleicht ist es dieses Lächeln, das Funkeln in ihren Augen trotz ihrer Müdigkeit. Die Art und Weise, wie sie mit den Kunden umgeht. Diese Wärme, die im Gegensatz zu meiner kalten, formellen, fast eisigen Haltung steht.

Nein. Ich habe keine Zeit für Ablenkungen.

Doch gerade, als ich mich umdrehen will, spüre ich eine warme Hand auf meiner Schulter. Ich drehe mich um und da ist sie, wie von Zauberhand. Wie lange hat meine Träumerei gedauert?

„Ich dachte, Sie möchten vielleicht etwas davon, um Ihnen den Tag zu versüßen. Sie sehen gestresst aus", sagt sie und hält eine leckere, in eine Papierserviette eingewickelte Schokolade in die Hand.

Bevor ich zu lange überlegen kann, nehme ich das Angebot an und stöhne verlegen auf, als die dunkle Schokolade mit einem orangefarbenen Nachgeschmack schmilzt und meine Geschmacksknospen sättigt.

"Sie ist... wirklich gut", gebe ich zu und schmecke sie immer noch.

"Dem Rezept von gestern habe ich noch etwas mehr Pfeffer hinzugefügt, um es aufzupeppen. Ich finde, Sie sind eine intensive Frau", fügt sie mit einem Augenzwinkern hinzu.

Ich spüre, wie mir unwillkürlich die Röte in die Wangen steigt und versuche mir einzureden, dass sie nur höflich ist, weil ich es bin. Es ist ja nicht so, dass sie ein romantisches Interesse an mir hat. Ich schätze, sie will mich einfach nur bei Laune halten.

„Ich kümmere mich darum, die Papierserviette in den Müll zu werfen", sagt sie, und als sich unsere Finger berühren, kehrt das blöde Kribbeln zurück. Diesmal zu nah an meinem Geschlecht.

Mist. Diese Frau ist viel zu leicht in der Lage, meine Abwehrkräfte zu überwinden. Ich hoffe, sie ist sich dessen nicht bewusst, denn es ist erschreckend und erheiternd zugleich.

„Was halten Sie davon", ruft sie, als ich weggehe, "wenn wir nach der Arbeit ein schnelles Sandwich in dem Café gegenüber essen? Ich habe keine Lust, heute Abend zu kochen", schlägt sie vor.

Und das Problem ist, dass, bevor mein Verstand diese Information verarbeiten kann, mein Herz ein "Das würde ich gerne" flüstert, das mich wie Espenlaub zittern lässt.

Kapitel 3

Alicia

Ich weiß, es gibt keinen Grund, nervös zu sein, aber ich bin es. Ich kann es nicht ändern. Die letzten Kunden laufen am Laden vorbei, während ich mich beeile, so schnell wie möglich zu kommen. Als ich Sidney frage, ob sie mit mir zu Abend essen will, denke ich sofort, dass ich zu voreilig bin. Ich hatte angenommen, dass sie mir ausweicht, sich höflich entschuldigt und irgendeine Entschuldigung vorbringt. Ihre positive Antwort ließ mich zittern.

Okay, mir ist klar, dass es sich nicht um ein Date oder so etwas handelt. Wir sind nur zwei Frauen, die nach der Arbeit essen gehen. Es ist sogar möglich, dass ihr tyrannischer Chef die Aufseher des Einkaufszentrums dazu zwingt, nett zu Leuten zu sein, die eines ihrer Lokale gemietet haben. Sidney ist vielleicht ein Verfechter davon. Aber trotzdem...

Ich kann es kaum erwarten, mich vor sie zu setzen. Um über die kurzen formellen Gespräche hinauszugehen, die wir bisher geführt haben. Über die Arbeit hinaus. Ich will

24

die echte Sidney kennenlernen, die sich hinter der Frau versteckt, die manchmal aussieht, als hätte sie sich einen Besenstiel in den Hintern gesteckt, weil sie so aufrecht geht.

Aus irgendeinem Grund bin ich davon überzeugt, dass sie wie eine Schokoladentorte ist: Man muss die Außenseite aufbrechen, um an den Schatz aus geschmolzener Schokolade im Inneren zu gelangen.

Nachdem ich mich ein letztes Mal vergewissert habe, dass alles abgeschlossen ist, gehe ich kurz ins Bad, um meine Haare zu richten und meine Bluse zu glätten. Ich versuche mir einzureden, dass wir nur zwei Frauen sind, die im selben Einkaufszentrum arbeiten, dass es nur ein lockeres Abendessen ist, aber es fällt mir schwer, mir etwas vorzumachen.

Sobald ich die Straße überquere und mich dem Café nähere, bemerke ich sie. Sie sitzt bereits an einem der Tische am Fenster und scheint die Speisekarte aufmerksam zu studieren. Sie hat mindestens einen Knopf mehr an ihrer Bluse aufgeknöpft als sonst und sofort kommen mir Situationen in den Sinn, die mich sehr nervös machen. Mit offenem Haar sieht sie ganz anders aus als bei der Arbeit, aber sie bringt meinen Puls zum Rasen. Ich denke, dass "hinreißend" eine Untertreibung ist, um sie zu beschreiben.

Ich halte inne und atme tief durch, bevor ich durch die Tür gehe. Ich versuche, meine Nerven zu beruhigen, während ich mich zwischen den Tischen in der Cafeteria hindurchschlängele. Als ich näher komme, schaut Sidney von der Speisekarte auf und ihr Gesicht scheint zu strahlen. Sie steht sofort auf, um mich zu begrüßen und überrascht mich, indem sie meinen Stuhl wegschiebt, damit ich mich setzen kann.

"Ich hoffe, es macht dir nichts aus, dass ich den Wein schon bestellt habe. Und wir können uns sicher duzen, oder?", sagt sie mit einer untypischen Schüchternheit.

„Damit habe ich kein Problem", antworte ich mit meinem besten Lächeln.

Es dauert nicht lange, bis der Kellner kommt, ein schlaksiger Kerl mit krummer Nase. Er stellt eine Flasche Weißwein neben uns und Sidney erhebt ihr Glas zu einem stummen Trinkspruch, den ich eilig nachahme, bevor ich einen großen Schluck nehme.

Sie scheint nervös zu sein. Sie verschlingt den Korb mit Brot und bald müssen wir ein weiteres bestellen. Wir führen ein neutrales Gespräch, als ob das für diese

Jahreszeit ungewöhnlich warme Wetter das Interessanteste wäre.

Sie erklärt mir, dass das Managementteam des Einkaufszentrums besorgt ist, dass das Ausbleiben des Schnees zu einem Umsatzrückgang führen könnte. Sie sagt, dass die Menschen in dieser Stadt Schnee mit der Weihnachtszeit und die Weihnachtszeit mit dem Einkaufen verbinden. Dann wird das Gespräch ein bisschen persönlicher.

Unbewusst erfahre ich, dass ihre Familie immer viel Druck auf sie ausgeübt hat. Von ihr wurde erwartet, dass sie in allem die Beste ist: Noten, Sport, Musik. Egal, was es ist. Der Druck wurde immer größer, als sie ins Teenageralter kam. Ihr Blick wird traurig, als sie erzählt, dass ihre Tage eine ständige Parade von außerschulischen Aktivitäten, Nachhilfeunterricht und der Vorbereitung auf die Aufnahme an einer Eliteuniversität waren.

„All das führte zu Panikattacken an der Uni und einer Essstörung", gibt sie reumütig zu.

„Scheiße. Mir fällt nichts mehr ein, was ich dir sagen könnte. Nicht, dass meine Beziehung zu meinen Eltern besonders vorbildlich wäre. Ich habe ab meinem sechzehnten Lebensjahr bei meiner Großmutter gelebt, aber wenigstens hat niemand so einen Druck auf mich ausgeübt."

„Meine Kindheit war nur Arbeit und kein Spiel", sagt sie wehmütig. „Ich hatte nie Zeit, Freunde zu finden oder gar...", unterbricht sie sich selbst und fummelt an ihrer Serviette herum.

„Beziehungen?", frage ich sie.

Sie nickt langsam und zuckt mit den Schultern. Und aus irgendeinem Grund schmerzt es mich, wenn ich mir vorstelle, dass die junge Sidney eine Menge lustiger Dinge verpasst. Keine Spaziergänge mit Freunden im Einkaufszentrum, keine Filme. Keine heimlichen ersten Küsse oder Herzschmerz. Nur ein endloses Streben nach unmöglichen Standards.

„Ich wurde zum ersten Mal geküsst, als ich zweiundzwanzig war, in Harvard, also stell dir vor", gibt sie zu.

„Wow, du hast in Harvard studiert? Deine Eltern müssen so stolz sein. Ich war nicht auf dem College", gebe ich zu und nehme ihre Hand über das Tischtuch hinweg und sehe, dass ihre Augen immer noch traurig sind.

„Mein Vater starb vor ein paar Jahren und wenn er stolz war, hat er es mir nie gesagt. Ganz im Gegenteil", gesteht sie.

„Ich habe nie studiert, aber schon als Teenager hatte ich eine unternehmerische Ader", unterbreche ich und suche nach einer lustigen Anekdote, um das Abendessen aufzulockern, bevor einige von uns anfangen zu weinen. „Ich wurde eine Woche lang aus der Schule geworfen, weil ich in der Pause selbstgemachte Pralinen verkauft habe."

Sie schenkt mir den Hauch eines Lächelns, und ich nutze die Gelegenheit, unsere Finger zu verschränken und ihre Hand leicht zu drücken. Ihre Haut ist so weich, dass sie sich synthetisch anfühlt.

Für den Rest des Abendessens unterhalten wir uns angeregt. Wir reden über Bücher, Filme und schließlich über Urlaub. Ich weiß nicht, wie das letzte Thema aufkam, aber während ich ihr erzähle, dass es mein Traum ist, eines Tages nach Europa zu reisen, scheint sie schon die halbe Welt bereist zu haben. Entweder das, oder sie macht sich über mich lustig.

„Verdammt, dein Chef muss dir eine Menge Geld zahlen, damit du dir so viele Reisen leisten kannst", scherze ich.

Sidney sieht einen Moment lang sehr ernst aus. Sie runzelt die Stirn, lächelt aber bald wieder und zuckt mit den Schultern, bevor sie einen Schluck Wein trinkt. Und ich schwöre, dass die Art und Weise, wie sie mit den Schultern zuckt, in einer schnellen, fast schüchternen Bewegung, meine Beine jedes Mal zum Zittern bringt, wenn sie das tut.

„Ich habe gehört, dass es dein Traum war, einen Schokoladenladen im Kaufhaus De Sallow's zu eröffnen", flüstert sie, als wir das Dessert bestellen.

„Mein Traum ist es, eine Kette von Schokoladenläden im ganzen Land zu eröffnen. Vielleicht sogar auf der ganzen Welt. Aber irgendwo muss ich ja anfangen, und dieses Kaufhaus ist eine Ikone in New York City", erkläre ich ernsthaft.

Mit großen Augen lehnt sie sich zu mir, während ich ihr die Pläne erkläre, die ich mir schon eine Million Mal in meinem Kopf ausgemalt habe. Sie hört so aufmerksam zu, dass ich mich manchmal frage, ob sie sie nicht nachmachen will.

„Ich wünschte, ich wäre so begeistert von der Zukunft", seufzt sie.

Die Traurigkeit in ihren Augen ist wieder da. Zum Glück kommt der Kellner mit dem Dessert, das ich bestellt habe, und dieses Mal bin ich froh, dass er uns unterbricht.

„Ich habe dieses Dessert entworfen. Mal sehen, wie es dir schmeckt", verkünde ich, nehme ein Stück Kuchen mit geschmolzener Schokolade und schiebe es ihr in den Mund.

Sie schließt die Augen und ich könnte schwören, dass sie sogar ein leises Stöhnen von sich gibt. Entweder das oder ich habe es mir eingebildet. Auf jeden Fall muss ich meine Beine mehrmals schließen, weil ich so nervös bin.

Konzentriere dich, Alicia.

„Ich glaube, hier ist jemand ein bisschen schokoladensüchtig", scherze ich mit einem Augenzwinkern.

„Gute Schokolade ist meine Schwäche. Das ist der schnellste Weg, mich zu verführen", gibt sie mit einem Lächeln zu, für das sie sterben könnte.

Ich schlucke und schnaufe fast bei dem Wort "verführen", aber wenn die Schokolade etwas taugt, habe ich einen sehr wichtigen Wettbewerbsvorteil.

„Du hast mir gerade gesagt, dass du dieses Dessert entworfen hast, aber willst du es auch probieren?"

Ich nicke schnell, als ob ich es nicht schon oft probiert hätte, und als ich gerade nach einem weiteren Löffel fragen will, bietet sie mir ihren Löffel mit der köstlichen Schokolade an. Jetzt bin ich diejenige, die darum kämpft, nicht zu stöhnen.

„Es ist gut, hm?"

„Hmm", gebe ich zu.

Und ich kann nicht weiterreden, weil ihr nackter Fuß meinen Knöchel unter dem Tisch streift und mich sprachlos macht.

„Scheiße."

„Stimmt etwas nicht?", fragt sie in spöttischem Tonfall.

„Wäre es zu dreist, wenn ich dich auf einen Schlummertrunk in meine Wohnung einlade?", schlage ich vor.

„Ich denke nicht, dass es dreist ist", antwortet sie und hebt ihren Fuß, um ihn nahe an mein Geschlecht zu setzen.

Zu meinem Glück mietete ich eine kleine Einzimmerwohnung in einer kleinen Straße in der Nähe des Einkaufszentrums. Als meine Großmutter starb, konnte ich nicht mehr in demselben Haus wohnen bleiben, also zog ich lieber woanders hin.

Als ich ankomme, bereite ich eilig zwei Mimosas vor, obwohl zumindest ich mit dem Wein vom Abendessen schon recht zufrieden bin. Ich glaube, Sidney ist sogar noch glücklicher. Wir rollen uns auf dem Sofa im Wohnzimmer zusammen und schweigen, als hätten wir beide Angst, den Zauber zu brechen, wenn wir ein Wort sagen.

Mit einem Seufzer streift sie ihre Schuhe ab, schwingt ihre Beine auf das Sofa und legt ihren Kopf auf meine Schulter. Ich lege zwei Finger unter ihr Kinn, um sie zu mir zu drehen und ziehe sie wie ein Magnet zu meinen Lippen. Sie lächelt, blinzelt, schüttelt leicht den Kopf und beugt sich zu einem sanften, langsamen, wunderbaren Kuss vor.

Es ist nur eine Berührung unserer Lippen, eine Liebkosung, aber sie ist so voller Energie, dass mein ganzer Körper zittert.

„Was ist los?", fragt sie.

„Soll ich antworten?"

Sie lächelt, nimmt mir die Tasse aus der Hand und stellt sie auf den Tisch, bevor sie meine Beine spreizt und mir ihre Arme um den Hals legt.

Wir küssen uns leidenschaftlich. Ihre Zunge wandert über meine Lippen und sucht in einem wilden Tanz meine, während sie die Knöpfe meiner Bluse öffnet und sie hochzieht.

Unbeholfen tue ich das Gleiche. Ich öffne einen wunderschönen schwarzen Spitzen-BH und der Anblick ihrer nackten Brüste ist wunderbar. Sie beißt sich auf die Unterlippe, als sie meine Hände zu ihren Brüsten führt. Sie schließt die Augen und wölbt ihren Rücken mit einem langen Seufzer, als ob die Berührung meiner Finger auf ihren Brustwarzen ausreicht, um die ganze Anspannung des Tages zu löschen.

Bald habe ich auch meinen BH ausgezogen und Sidney streichelt meine Brüste mit ihren. Ihre blasse Haut hebt sich von meiner ab und zwischen zwei Atemzügen greift sie leicht nach oben, knöpft ihre Hose auf und nimmt meine rechte Hand.

Sie schiebt sie unter ihre Unterwäsche, bis sie ihr Geschlecht erreicht, hält mich fest und beginnt, sich gegen meine Hand zu bewegen, während meine Finger über ihre Erregung fahren.

„Gefällt es dir?", flüstert sie zwischen Keuchen.

„Scheiße, Sidney."

Sie reitet auf meinen Fingern, als ob ihr Leben davon abhinge und es ist schwer zu glauben, dass diese Frau, die fast wild über mich stöhnt, dieselbe spießige Managerin ist, die im Einkaufszentrum herumläuft und alles kontrolliert.

„Fick mich!", befiehlt sie, packt mich an den Haaren und zerrt leicht daran.

Erregt dringe ich hart in sie ein, streichle ihre schönen Brüste mit meiner linken Hand und werde bei jedem Stöhnen, das aus ihrer Kehle kommt, verrückt.

„Scheiße!", quiekt sie, bevor sie ganz still daliegt und sich an meinen Hals schmiegt, während sie versucht, Luft zu holen.

„Hat es dir gefallen?"

„Das war unglaublich", zischt sie. „Jetzt komm zwischen meine Beine, ich muss deine Zunge spüren."

Ich glaube, mir bleibt der Mund offen stehen, aber wer kann bei so einem Befehl schon widersprechen?

Bald sind wir beide völlig nackt. Ihre langen Beine liegen gespreizt auf dem Sofa, während ich zwischen ihnen knie und ihr Geschlecht genieße, als wäre es die feinste aller Delikatessen.

Ich weiß nicht, wie lange wir miteinander geschlafen hätten. Ich glaube, wir haben uns beide sehr darauf gefreut. Ihr Körper ist ungeheuer aufnahmefähig; jede Liebkosung, jeder Kuss auf eine der empfindlichsten Stellen, lässt sie erzittern. Und die Art und Weise, wie sie meine Klitoris leckt oder zwischen ihren Lippen saugt, ist, in Ermangelung eines besseren Wortes, perfekt.

Später im Bett, an ihre Brust gelehnt, schläfrig und erschöpft, drücke ich sanfte Küsse auf ihr Schlüsselbein, während sie mein Haar streichelt. Und als sie unsere nackten Körper mit dem Laken zudeckt, überkommt mich ein seltsames Gefühl. Etwas, das ich nicht zu benennen wage. Ich bin zu voreilig, um es in Worte zu fassen, aber ich glaube, ich lasse mich zu sehr von dieser Frau einnehmen.

„Süße Träume, meine Schöne. Schlaf gut", flüstert sie, bevor sie einschläft.

Kapitel 4

Sidney

Eine seltsame Leere weckt mich auf. Ich taste die Matratze ab und finde zwischen den Laken nur noch Spuren von Alicias warmem Körper. Das Sonnenlicht, das durch die Vorhänge fällt, erhellt bereits das Schlafzimmer. Wann habe ich mich das letzte Mal so gut gefühlt, als ich neben jemandem geschlafen habe?

Ich blinzle, strecke meine Arme über den Kopf und stehe auf, um nach einem von Alicias T-Shirts zu suchen. Aus der Küche strömt ein Duft von Schokolade und Kaffee, der mich anzieht wie eine dieser Zeichentrickszenen, in denen die Figur dem Geruch folgend zu schweben beginnt.

Als ich aus der Tür schaue, werde ich wieder von diesem Zweifel geplagt. Alicia steht mit dem Rücken zu mir und ist abgelenkt, während sie etwas zubereitet, das von hier aus wie Kekse aussieht. Unsere gemeinsame Nacht war unglaublich, der Sex spektakulär und die Momente der Intimität, die darauf folgten, versetzten mich ins Paradies.

Und wieder einmal fange ich an, mich in eine Frau zu verlieben, die vielleicht gar nichts Ernstes will. Am Ende öffne ich mein Herz immer zu früh, gebe zu viel von mir preis und werde letztendlich verletzt.

Als würde sie meine Anwesenheit bemerken, dreht sich Alicia um und schenkt mir ein schüchternes Lächeln. Nur eine Schürze bedeckt ihren nackten Körper und sie sieht wunderschön aus.

„Ich wollte dich eigentlich Dornröschen nennen, aber mit deinem verhedderten Haar siehst du eher wie Medusa aus", scherzt sie.

„Ich hoffe, du hast welche von den Keksen übrig, die so gut riechen", seufze ich.

„Bist du hungrig? Ich kann dich den Löffel ablecken lassen", sagt sie und schüttelt den Löffel, mit dem sie die heiße Schokolade umgerührt hat.

Ich gehe auf sie zu, nehme sanft ihr Handgelenk und führe den Löffel an meinen Mund, während ich sie ansehe.

„Sie ist unglaublich", seufze ich, während ich die geschmolzene Schokolade genieße.

Alicia errötet, blinzelt und beugt sich vor, um den Ofen zu überprüfen. Ich nutze die Gelegenheit, um näher an sie heranzurücken und schlinge meine Arme um sie, bevor ich ihren Hals küsse.

„Du weißt, dass es keine gute Idee ist, sich an eine Frau heranzuschleichen, die von Messern umgeben ist, oder?", flüstert sie, und ihr Kommentar bringt mich dazu, gegen die weiche Haut ihres Halses zu lächeln.

„Ich bin süchtig nach Risiko."

Sie lacht, und es ist ein leichtes, sorgloses Lachen. Aufrichtig.

„Welches Risiko?", fragt sie, dreht sich um und legt ihren Zeigefinger auf eine meiner Brustwarzen.

„Ich dachte im Moment eher an ein Frühstück", gebe ich achselzuckend zu. „Ich bin aber flexibel, wenn sich die Pläne ändern."

„Ich wüsste ein paar Möglichkeiten, wie man sich Appetit holen kann, während die Kekse abkühlen", zischt sie und fährt mit einer seiner Fingerspitzen über meine Lippen.

Scheiße, bei dem Tempo kommen wir bestimmt zu spät zur Arbeit.

„Das klingt sehr verlockend, aber ich erinnere dich daran, dass das Einkaufszentrum in einer Stunde öffnet", sage ich mit einer Grimasse.

„Sehr wahr, und ich muss viele Pralinen verkaufen, um die Miete zu bezahlen, damit die Hexe mich nicht rauswirft", fügt sie hinzu.

Ich sage nichts, aber das ist schon das zweite Mal, dass sie diese Bemerkung macht, und ich finde, das ist ein ziemlich seltsamer Sinn für Humor.

„Du nimmst die Schokolade sehr ernst, nicht wahr? Selbst wenn du sie für dich selbst machst", sage ich und schaue auf die Mischung, die sie zubereitet hat.

„Die Azteken glaubten, dass der Kakaobaum ein Geschenk des Gottes Quetzalcoatl war. Er wollte, dass die Menschen ein Nahrungsmittel kennenlernen, das von den Göttern selbst geschätzt wurde. Sie waren überzeugt, dass seine Bohnen magische Eigenschaften hatten und so wertvoll waren, dass sie als Zahlungsmittel verwendet wurden."

„Das wusste ich nicht", gebe ich überrascht zu.

„Schokolade verdient Leidenschaft, keine Massenproduktion. Richtig zubereitet, hat sie die Kraft, Herzen zu heilen."

„Und du willst diese Theorie mit mir testen?", frage ich und ziehe die Augenbrauen hoch.

„Muss dein Herz geheilt werden?", fragt sie zurück.

Ich lächle nur. Darauf antworte ich lieber nicht. Ich habe Angst, mein Herz zu öffnen und es wieder gebrochen zu bekommen.

„Übrigens, ich habe etwas für dich, warte einen Moment", sagt sie, senkt ihre Stimme und winkt mir zu, bevor sie aus der Küche eilt.

Als sie zurückkehrt, öffnet sie ihre Handfläche und enthüllt einen kleinen polierten schwarzen Stein, der an einer silbernen Kette baumelt.

„Er ist sehr hübsch, was ist es?", flüstere ich, während ich ihn zwischen meinen Fingern drehe.

„Gagat. Meine Großmutter gab ihn mir, als ich klein war. Er ist verzaubert. Er schützt und bringt demjenigen, der ihn trägt, Glück", fügt sie ernst hinzu.

Ich reiße überrascht die Augen auf und untersuche den Stein, woraufhin Alicia hinter mir steht und ihre Stimme auf ein Flüstern reduziert.

„Ich weiß, dass wir uns erst seit kurzer Zeit kennen, aber ich habe besondere Gefühle für dich. Deshalb möchte ich, dass du einen Teil meiner Geschichte, meiner Kultur mit dir trägst", erklärt sie, während sie mir den Anhänger um den Hals legt.

Und als ihre Finger meine Haut berühren, beschleunigt sich mein Puls. Der Stein ruht auf meinem Herzen, als wäre sie schon immer da gewesen.

„Ich weiß nicht, was ich sagen soll, Alicia", gestehe ich.

„Ich möchte, dass du ihn nah bei dir behältst", murmelt sie. „Lass seine Kraft dich beschützen."

Minuten später liegen unsere Finger verschränkt auf dem Küchentisch, zwischen uns stehen zwei Tassen frisch gebrühten Kaffees und ein Teller mit leckeren Schokokeksen. Zwischen uns herrscht ein angenehmes Schweigen, das von schelmischen Blicken und dem Streicheln ihres Fußes unter dem Tisch unterbrochen wird.

„Die Herstellung von Schokolade ist eine der ersten Erinnerungen, die ich an meine Großmutter habe", erklärt sie, nachdem sie einen Schluck Kaffee getrunken hat. „Sie hat mir fast alles beigebracht, was ich weiß. Ich wünschte, ich hätte die Eröffnung des Ladens miterleben können. Sie wäre so stolz gewesen, aber sie ist ein paar Monate vorher gestorben."

„Wenn sie dich sehen kann, wo auch immer sie ist, bin ich sicher, dass sie es ist", flüstere ich und drücke ihre Hand, als ich merke, dass ihre Augen wässrig geworden sind.

Alicia streicht mit ihrem Daumen über meine Knöchel und lächelt, aber sie antwortet nicht.

„Es ist schon spät. Solltest du nicht duschen?", schlage ich vor und schaue auf meine Uhr.

„Wie wär's mit einer gemeinsamen Dusche? Es ist immer gut, Wasser zu sparen."

„Ich weiß nicht, ob wir eine Menge Wasser sparen oder es schlimmer machen, aber ich halte es für eine sehr gute Idee", gebe ich zu und beiße mir auf die Unterlippe.

Wir steigen gemeinsam unter die Dusche und ich lasse mich von den tausenden Wassertropfen mitreißen, die auf meinen Rücken fallen. Ich schmiege mich an ihren Körper und genieße ihre nackte, glatte und gebräunte Haut. Ich streiche über ihre Hüften und bin von jeder Kurve fasziniert.

„Du bist wunderschön", flüstere ich ihr ins Ohr und ich spüre, wie sie sich mit einem kleinen Stöhnen gegen meine Berührung stemmt.

„Ich könnte mein Leben damit verbringen, jeden Zentimeter deiner Haut zu erforschen", antwortet sie und streicht mit seinen Fingerspitzen über meine Seiten.

Bald steigt die Temperatur zwischen uns und ich greife hinter sie und lasse meine seifigen Hände über ihre Brüste gleiten.

„So sehr es mich schmerzt, das zu sagen, aber wir werden zu spät kommen", gibt sie zwischen zwei Atemzügen zu und stützt ihre Hände gegen die Duschwand.

„Scheiße."

„Du kannst wieder bei mir übernachten", schlägt sie vor. „Ich nehme an, das ist näher an der Arbeit."

„Das klingt nach einer sehr guten Idee", gestehe ich, während ich mir einen Spritzer Shampoo in die Hand gebe.

Und die einfache Intimität, ihr Haar zu massieren, während ich ihr den Kopf wasche, lässt mich erschaudern. Ich weiß, dass es schwer sein wird, sie heute aus meinem Kopf zu bekommen. Scheiße, das geht mir zu schnell.

Als wir aus der Dusche kommen, zittern wir beide vor Not, aber ich kann es mir nicht leisten, zu spät zu kommen, ich muss mit gutem Beispiel vorangehen, und Alicia nimmt ihren Job sehr ernst.

Inmitten eines Wirbelsturms aus gestohlenen Küssen ziehen wir uns eilig an, während ich versuche, Alicias Höschen anzuziehen, das mir zu groß ist.

Kapitel 5

Alicia

„Ich glaube, ich habe dich noch nie so besorgt über eine Aufgabe gesehen", unterbricht Rosa und zieht eine Augenbraue hoch.

„Du weißt doch, wie perfektionistisch ich bin", sage ich und merke, wie ich bei der Bemerkung meiner Assistentin bis zu den Spitzen meiner Ohren rot werde.

Rosa lächelt und sieht zu, wie ich die Mischung zu kleinen Schokoladenschalen forme.

„Ich glaube, sie braucht noch ein bisschen mehr Geschmack. Etwas Starkes", murmle ich.

„Ein winziger Hauch von Cayennepfeffer?"

„Das könnte funktionieren", gebe ich nachdenklich zu.

„Süß und würzig zugleich. Das hat doch nicht etwa etwas mit einer bestimmten Frau zu tun, die jeden Morgen die Geschäfte überwacht und sehr ernst und steif wirkt, oder?"

Ich rolle mit den Augen und ich glaube, das alberne Grinsen, das mir entweicht, verrät mich.

„Ich will, dass der Geschmack stimmt", antworte ich ausweichend. Rosa muss nicht wissen, dass ich Sidney schon den ganzen Morgen nicht mehr aus dem Kopf kriege. Ganz zu schweigen davon, dass ich sie mir fast immer komplett nackt vorstelle.

„Hast du eine Affäre mit ihr oder spielst du nur herum?", fragt sie und setzt sich neben mich, während sie ihr Kinn auf eine ihrer Hände stützt.

„Wir sind nur Freunde, das ist alles."

„Natürlich!" Rosa lacht und stößt mich mit dem Ellbogen in die Rippen. „Ich kenne diesen Blick sehr gut, hübsches Mädchen. Vergiss nicht, wir sind Freundinnen, seit wir zehn Jahre alt sind. Ich weiß, wie verliebt du sein kannst und wie deine Augen jedes Mal, wenn diese Frau in deine Nähe kommt, kleine rosa Herzchen verteilen."

„Du bist eine Idiotin, wirklich", sage ich und schüttle den Kopf, "hast du nichts zu tun? Egal, wie nahe wir uns stehen, ich bezahle dich nicht dafür, über mein Privatleben zu tratschen."

„Okay, okay, wie unfreundlich. Ich hoffe nur, dass diese verklemmte Braut dir nicht wehtut. Wenn nicht, wird sie es mit mir zu tun bekommen", fügt sie hinzu, während sie zum Eingang des Ladens geht, um sich um einige Kunden zu kümmern, die gerade eingetreten sind.

Ein paar Stunden später packe ich die fertigen Pralinen in eine Geschenkbox und richte meine Schürze. In den wenigen Tagen, die ich hier bin, ist mir aufgefallen, dass Sidney wie ein Schweizer Uhrwerk funktioniert. Sie macht immer zur gleichen Zeit ihre Runden durch die Geschäfte im ersten Stock.

Ich schaue mich um und tatsächlich, da ist sie, in der Menschenmenge, die sich heute im Einkaufszentrum drängt. Ihre elegante Gestalt sticht aus der Menge hervor. Sie geht neben Claire, der Managerin des Einkaufszentrums, mit der ich die Mietverträge für die Räumlichkeiten unterzeichnet habe.

Scheiße, mir zittern die Knie, als ich mich ihr nähere. Ich weiß nicht, woher sie die Zeit hatte, sich umzuziehen, ich nehme an, sie wohnt auch in der Nähe. Was mir klar ist, ist, dass der graue Anzug, der aussieht, als wäre er maßgeschneidert, nicht derselbe ist, den sie gestern getragen hat.

„Sidney, hast du kurz Zeit?", frage ich, sobald ich auf gleicher Höhe mit ihr bin.

Claire sieht mich überrascht an und ich hoffe, man sieht mir nicht an, wie nervös ich geworden bin.

Konzentriere dich, Alicia.

„Natürlich, Miss Martínez, was kann ich für Sie tun?", antwortet Sidney, ohne zu lächeln.

Miss Martínez, was zum Teufel ist los mit ihr? Gestern Abend, als mein Mund zwischen ihren Beinen war und sie schrie, ich solle sie vernaschen, war ich nicht "Miss Martínez". Das war ich auch heute Morgen nicht, als ihr Körper in der Dusche an meinem lag, während sie mich fickte.

„Ich...Ich...Ich habe diese Pralinen für dich. Es ist ein neues Rezept, mit Blutorange und Chili. Ich dachte, du magst sie vielleicht", erkläre ich schüchtern, während ich ihr die Schachtel mit den Pralinen reiche.

Sie lächelt. Na ja, ein halbes Lächeln, vielleicht. Aber kein ganzes. Zumindest habe ich das geschafft. Sie öffnet die Schachtel und nimmt elegant eine der Pralinen heraus. Dann schließt sie die Augen, während sie sie in den Mund steckt und sie langsam genießt.

Ich halte den Atem an, während ich sie beobachte. Instinktiv beißt sie auf ihre Unterlippe und gibt ein kleines Schnurren von sich, das mich sehr nervös macht.

„Exzellent", flüstert sie und als sie schließlich die Augen öffnet, scheint viel von ihrer Kälte verschwunden zu sein.

Ich liebe es zu sehen, wie sie ihre Deckung fallen lässt, obwohl meine Freude nicht lange anhält. Bald hat sie sich wieder gefangen. Sie streckt ihren Rücken durch, räuspert sich und zwingt sich zu einem freundlichen Lächeln.

„Vielen Dank für das Geschenk, Miss Martínez. Das sind exquisite Pralinen", gibt sie zu und nickt mit dem Kopf.

Claire beobachtet die ganze Situation, als ob sie eine Art Geistererscheinung sehen würde, aber sie sagt kein einziges Wort. Genauso wenig wie Sidney, die auf dem Absatz kehrt macht und zur Rolltreppe geht, ohne auch nur einen Blick zurückzuwerfen.

„Hat der hochnäsigen Dame dein Geschenk gefallen?", fragt Rosa, als ich in den Laden zurückkehre.

„Ich nehme es an", antworte ich mit einem Achselzucken, obwohl ich mir selbst nicht sicher bin.

„Was hast du erwartet? Dass die Eiskönigin dir mitten im Einkaufszentrum einen Kuss gibt?"

„Das ist es auch nicht, nur ein bisschen mehr Aufregung, das ist alles", erkläre ich.

„Ich schätze, sie muss ihren Ruf als harte, unnahbare Frau aufrechterhalten. Nimm es nicht persönlich", sagt sie und schnalzt mit der Zunge. „Warte, habt ihr... Scheiße! Bist du deshalb verletzt?"

Ich ziehe es vor, nicht zu antworten und so zu tun, als wäre ich zu sehr damit beschäftigt, Pralinen in die Vitrine zu stellen. Aber so wie Rosa blinzelt, glaube ich nicht, dass sie überzeugt ist.

Der Rest des Tages vergeht sehr schnell. Heute sind so viele Leute gekommen, dass wir nicht einmal Zeit für das Mittagessen hatten. Fünfzehn Minuten vor Ladenschluss sage ich Rosa, dass sie nach Hause gehen kann.

„Diese Pralinen müssen etwas ganz Besonderes sein", sagt Claire und kommt auf mich zu, als ich den Laden gerade schließe.

„Auch wenn ich es nicht sagen darf, sie sind es", antworte ich mit einem Lächeln.

„Die Chefin ist ganz vernarrt in sie, sie hat es sogar beim Management-Meeting um zwölf Uhr erwähnt. Ich glaube, es ist das erste Mal, dass ich sie so sehe", sagt sie.

„Die Chefin?"

„Sidney", sagt sie.

„Ich dachte, Sie wären ihr Chef, da ich den Vertrag mit Ihnen unterschrieben habe."

„Ich wünschte, es wäre so", antwortet Claire, wendet sich von mir ab und macht mich fast sprachlos.

Zurück in meiner Wohnung bin ich mit der Zubereitung des Essens beschäftigt. Ich habe nichts von Sidney gehört und es ist schon drei Stunden her, seit ich das Einkaufszentrum verlassen habe. Ich habe nicht einmal ihre Telefonnummer. Ich hasse solche Situationen, denn es ist nicht das erste Mal, dass mir so etwas passiert. Ich verschenke alles zu schnell, mache mir Hoffnungen und dann liegt mein Herz in Stücken auf dem Boden.

Was soll der Scheiß?

Ich stoße einen langen Seufzer aus, während ich die Sauce umrühre und noch etwas Chipotle hinzufüge, als mich die Türklingel aufschreckt.

Verwirrt lasse ich die Pfanne auf dem Herd stehen und bin schockiert, als ich sie öffne und Sidney mit einer Flasche Wein und einem großen Becher Schokoladeneis sehe.

„Entschuldige die Verspätung, Alicia, ich hatte viel zu tun", entschuldigt sie sich und dreht ihr Handgelenk, um mir das Eis zu zeigen. „Ich hoffe, du magst es", flüstert sie.

„Wenn du Lust auf Ficken hast, bin ich Alicia und den Rest der Zeit bin ich Miss Martínez?", beschwere ich mich wütend.

„Es ist nicht so, dass ich..."

„Scheiß drauf, Sidney", unterbreche ich und erhebe meine Stimme. „Du kannst nicht eine Nacht mit mir schlafen und am nächsten Tag so tun, als würdest du mich überhaupt nicht kennen."

„Es tut mir leid, ich habe gerade..."

„Du scheinst dich für mich zu schämen", beharre ich. „Ist es das, was los ist? Schämst du dich für mich?"

„Bitte, Alicia..."

„Mach das nicht noch einmal mit mir, oder ich schwöre, dass du nie wieder einen Fuß in dieses Haus setzen wirst", drohe ich.

Sidney folgt mir schweigend in die Küche und setzt sich neben mich, während sie mir dabei zusieht, wie ich die Soße weiter umrühre.

„Es riecht fantastisch", sagt sie, während ich ein paar weitere Zutaten hinzugebe.

„Ich koche das Essen schon seit drei verdammten Stunden und wusste nicht einmal, ob du kommst", beschwere ich mich.

„Es tut mir leid, ich hätte dich warnen sollen, dass ich mich verspäten würde. Wirst du die ganze Nacht wütend sein?"

„Hast du Angst, nicht flachgelegt zu werden?"

„Ich habe Angst, dass du mich verlässt", platzt sie plötzlich heraus und macht mich sprachlos.

„Was?"

„Puh, es fällt mir schwer, diese Dinge zuzugeben", seufzt sie.

„Ich will, dass du es sagst. Betrachte es als Strafe für das, was du mir im Einkaufszentrum angetan hast. Was glaubst du, wie ich mich gefühlt habe, als du mich wie eine Fremde behandelt hast?"

„Ich habe Angst, dass du mich verlässt und es tut mir leid, was ich dir im Einkaufszentrum angetan habe. Ich hätte mich nicht so verhalten sollen", gibt sie zu und senkt ihre Stimme.

„Komm her, komm schon", sage ich, nehme ihre Hand und ziehe sie zu mir, um sie zu küssen.

„Ist mir schon vergeben?"

„Dir ist vergeben."

„Willst du mir sagen, was so gut riecht?"

„Es ist Mole Negro. Ich wollte etwas Besonderes für dich machen und du kannst dir nicht vorstellen, wie viele Stunden es dauert, dieses Gericht zu kochen. Ich dachte, du würdest nicht kommen und ich schwöre, ich wollte dich mit den Resten überschütten, als ich dich im Einkaufszentrum sah", gestehe ich und rolle mit den Augen.

Sidney lächelt und schlingt ihre Arme um meine Taille, um mich zu umarmen, bevor sie etwas von der Soße löffelt, um sie zu probieren.

„Verdammt, das ist beeindruckend", gesteht sie.

„Es ist das Rezept meiner Großmutter", erkläre ich, während ich überfliege, wie es zubereitet wird.

„Sind da all diese Zutaten drin?", fragt sie verwirrt.

„Mehr als zwanzig."

„Unglaublich."

„Ich musste einen Nachbarn bitten, die Chilis zu rösten und einzuweichen, während ich auf der Arbeit war, also sag mir lieber, dass es dir gut schmeckt", drohe ich.

Bald sitzen wir am Tisch mit seiner Flasche Wein und dem Mole negro. Das Gespräch verläuft genauso mühelos wie am Tag zuvor. Es ist, als wäre Sidney zwei verschiedene Menschen, einer innerhalb und einer außerhalb des Einkaufszentrums.

Nach und nach, zwischen der Flasche Wein und dem Essen, beginnen wir, uns mehr zu öffnen. Sidney interessiert sich sehr für meine mexikanische Herkunft und ich ertappe mich dabei, wie ich ihr Geschichten aus meinem Heimatland oder Anekdoten aus meiner Kindheit erzähle.

„Aber meine besten Erinnerungen sind die an den Tag der Toten", gebe ich wehmütig zu.

Sidney beobachtet mich neugierig.

„Wirklich? Was macht ihn so besonders?"

„Es gibt tausende von Details. Ich erinnere mich an die kleinen Zuckerschädel und das Pan de Muerto, das meine Großmutter immer gemacht hat", gebe ich zu und spiele geistesabwesend mit einem der Bestecke. „Das Haus war erfüllt von süßen Aromen und die Straßen waren in Farbe gekleidet. Es sind nicht nur ein oder zwei Dinge, es ist das ganze Gefühl, das dazu gehört."

Sidney beugt sich vor und drückt meine Hand. Ich kann fast die Hitze in ihrem Blick spüren, das Verlangen in ihren Augen, das meinen Unterleib kribbeln lässt.

„Jedes Jahr brachten wir ein Opfer für meine Urgroßeltern dar", fahre ich fort. „Wir stellten ihre Fotos in die Mitte eines Altars, umgeben von Kerzen. Und dabei erzählte uns meine Großmutter Geschichten über sie. In diesen Tagen hatte ich das Gefühl, sie auch gekannt zu haben, es fühlte sich sogar so an, als wären sie noch unter uns."

„Es muss eine sehr schöne Erfahrung sein", seufzt sie und streicht mit seinem Daumen über meine Fingerknöchel.

„Ist es", gebe ich zu. „Es lehrt uns, das Leben zu schätzen und diejenigen zu ehren, die vor uns gelebt haben. Es ist ein Fest der Liebe und der Erinnerungen. Ich hoffe, dass ich es dir eines Tages zeigen kann", füge ich hinzu und merke sofort, dass ich zu schnell vorpresche.

„Das würde ich gerne erleben", sagt Sidney und nickt.

„Einmal, als ich ein Kind war, habe ich versucht, mein Gesicht wie einen Totenkopf zu bemalen."

„Wirklich? Ich versuche, mir die kleine Alicia vorzustellen, deren Gesicht wie ein Skelett bemalt ist. Ich wette, du sahst hinreißend aus."

„Meine Mutter hätte mich fast umgebracht, ich habe mein Zimmer in Unordnung gebracht", gebe ich zu und schüttle amüsiert den Kopf.

„Es muss schwer sein, was mit deinen Eltern passiert ist."

„Woher weißt du das?", unterbreche ich sie überrascht.

Sidney schweigt, als ob sie in seinem Kopf nach den richtigen Worten sucht, um fortzufahren.

„Claire hat es mir erzählt. Es tut mir leid, ich glaube nicht, dass sie es noch jemandem erzählt hat", entschuldigt sie sich.

„Es ist alles in Ordnung. Jede Familie ist so, wie sie ist. Ich glaube, das hat mich stärker gemacht. Keine Sorge, ich muss es wirklich nicht verstecken. Schon gar nicht vor dir."

„Danke, dass du diese Dinge mit mir teilst", flüstert sie und küsst mich zärtlich.

„Sag mir etwas. Claire hat heute Nachmittag gesagt, dass du ihr Chef bist. Ich dachte, es wäre andersherum. Bist du also der Hexe direkt untergeordnet?"

„Welche Hexe?"

„Ich weiß nicht, wie sie heißt", erkläre ich.

„Sidney", murmelt sie.

„Ihr habt denselben Namen?"

„Ich bin Sidney De Sallow", gibt sie ernsthaft zu.

„Oh, verdammt noch mal."

Ich bin plötzlich sprachlos. Buchstäblich. Ich versuche, etwas zu sagen. Irgendetwas, aber es ist sinnlos. Mein Verstand ist völlig leer. Ich starre Sidney mit großen Augen an und kann mich nicht einmal bewegen. Ich atme nur, weil es ein unwillkürlicher Reflex ist, aber ich glaube, wenn ich es nicht täte, würde ich auf der Stelle sterben.

„Ich muss weg", verkünde ich, stehe eilig auf und schließe mich im Bad ein.

Kapitel 6

Sidney

„Alicia, bitte mach die Tür auf", flehe ich und klopfe zum zehnten Mal auf meine Fingerknöchel. „Ich will nur reden."

Ein paar verzweifelte Rufe sind alles, was ich als Antwort höre. Ich setze mich auf den Boden und verstecke meinen Kopf in meinen Händen. Ihr verlegenes Gesicht, als sie erkannte, dass sie die Besitzerin des Einkaufszentrums war, war wie ein Dolch, der mein Herz durchbohrte und es in Fetzen riss.

Aus irgendeinem Grund war ich fest davon überzeugt, dass ich es wusste. Ich dachte, Alicia wüsste genau, wer ich bin, und das ließ mich zweifeln. Das ändert jetzt alles.

„Ali, mach bitte die Tür auf", flüstere ich und halte mein Ohr an die Tür, falls ich etwas hören sollte.

„Geh weg! Ich komme erst wieder raus, wenn du gehst", sagt sie mit gehauchter, aber gleichzeitig trotziger Stimme.

„Ich werde nicht gehen, Alicia. Wir müssen darüber reden. Und wenn ich die ganze Nacht auf dem Boden sitzen und darauf warten muss, dass du rauskommst", bestehe ich darauf.

Schweigen.

„Alicia, bitte."

„Ich habe dich eine Hexe genannt, ich bin ein Arschloch, verdammt noch mal", gibt sie zu, obwohl ihre Stimme nur schwach durch die Tür zu hören ist.

„Ich bin schon viel schlimmer genannt worden", gestehe ich.

„Ich hatte keine Ahnung, dass du es warst, du musst mich für dumm halten."

„Um ehrlich zu sein, war es eine Erleichterung, dass mich jemand wie einen normalen Menschen behandelte und nicht wie den Besitzer von De Sallow's Warehouse", gebe ich zu.

"Trotzdem, es tut mir sehr leid", insistiert sie.

„Entschuldigung angenommen. Kannst du bitte nach draußen kommen?"

Das Badezimmerschloss klickt und die Tür öffnet sich. Zuerst nur einen Spalt, dann späht sie mit blutunterlaufenen Augen hinaus und öffnet die Tür dann ganz.

„Können wir noch mal anfangen? Hallo, ich bin Sidney De Sallow, Besitzer des Kaufhauses De Sallow", seufze ich und reiche ihr zur Begrüßung die Hand.

„Ich bin Alicia", lächelt sie und schüttelt seinen Kopf hin und her.

„Meine Lieblingsschokoladen-Meisterin", flüstert sie.

„Ich bin der einzige Meister-Chocolatier im Einkaufszentrum, Dummerchen."

„Sind wir in Ordnung?", fragte ich ängstlich.

„Ich nehme es an. Es tut mir leid, was ich gesagt habe. Ich hatte keine Ahnung, dass du es warst", betont sie noch einmal und atmet beim letzten Wort aus.

„Und es tut mir leid, dass ich heute Morgen so getan habe, als würde ich dich nicht kennen, als du mir die Pralinenschachtel gebracht hast."

„Es ist in Ordnung. Ich schwöre, ich war wirklich wütend, aber jetzt verstehe ich, dass du dein Image als Eiskönigin vor deinen Mitarbeitern aufrechterhalten musst. Ich schätze, du kannst nicht schwach sein", antwortet sie mit einem Achselzucken.

„Ich bin keine Eiskönigin."

„Wenn du bei Wikipedia nachschlägst, findest du sicher dein Bild neben der Definition", scherzt sie. „Du läufst durch das Einkaufszentrum und hast alles unter Kontrolle, als hätte man dir einen Besenstiel in den Arsch geschoben. Ups, Entschuldigung. Das hätte ich auch nicht sagen sollen", entschuldigt sie sich.

Ich kann nicht anders, als bei ihren Worten einen kleinen Kicheranfall zu bekommen. Ich umarme sie, und sobald sie sich in meinen Armen entspannt hat, versichere ich ihr, dass ich im Grunde froh bin, dass sie so ehrlich zu mir ist. Ich habe es satt, unter Menschen zu sein, die sich anders verhalten, nur weil ich den Namen De Sallow trage.

„Ich weiß nicht, ob du mir glauben wirst, aber dein Geld oder das deiner Familie ist mir scheißegal", flüstert sie mir ins Ohr. „Als ich dich das erste Mal sah und dachte, du wärst eine der Assistentinnen des Besitzers, war alles, was ich sah, eine schöne, elegante Frau. Jemanden, der Gefühle in mir weckte, die schon seit einiger Zeit geschlummert hatten. Ich habe dich gesehen, Sidney, nicht dein Geld", versichert sie mir.

Und ehe ich mich versehe, weine ich, während ich sie fest umarme. Alle Zweifel, die ich an ihr hatte, sind plötzlich verflogen.

„Geht es dir gut?"

„Niemand hat mich je so gesehen", schluchze ich und weine immer noch.

Alicia umarmt mich einfach und küsst meine Wange, während mir die Tränen aus den Augen fließen. Es ist eine Erleichterung. Es ist so lange her, dass ich an der Schulter von jemandem geweint habe, dass ich mich gar nicht mehr daran erinnern kann.

„Bist du sicher, dass es dir gut geht?", hakt sie nach.

„Ich schätze, ich musste einfach ein paar Tränen mit jemandem vergießen, dem ich vertrauen kann", gestehe ich mit einem Atemzug in der Stimme.

„Und ich mag diese verletzliche Sidney viel lieber als die Eiskönigin", flüstert sie, bevor sie mir einen Kuss auf die Stirn gibt.

„Du weißt nicht, was das für mich bedeutet", versichere ich ihr. „Es ist so schwer, nie zu wissen, ob jemand dich oder dein Geld mag."

„Ich habe also eine reiche Freundin?"

„Freundin?"

„Tut mir leid, ich bin immer ein bisschen zu schnell. Lass es mich anders ausdrücken: Ich bin also mit einer reichen Frau involvieret?", fragt sie und zieht die Augenbrauen hoch.

„Vermutlich ja, obwohl ‚involviert‘ ein bisschen falsch klingt."

„Ficke ich eine reiche Frau?"

„Du bist eine verdammte Idiotin. Die Sache mit der Freundin kann funktionieren, ich neige selbst dazu, alles zu überstürzen", gebe ich zu und bin überrascht über meine eigenen Worte.

„Wow! Darf ich dich mitten im Einkaufszentrum küssen? Mit Zunge?", scherzt sie und zieht eine Augenbraue hoch.

„Würdest du aufhören, mich nervös zu machen?"

„Du weißt, dass ich das nicht tun werde. Aber nenn mich bitte nicht mehr Miss Martínez, okay?"

„Machst du mir weiterhin Pralinen?"

„Natürlich."

„Dann haben wir einen Deal", sagte sie und streckte ihre Hand aus, als wolle sie ein Geschäft besiegeln.

„Wir haben einen Deal", wiederhole ich, "und ich habe mich schon gewundert, wie du dich so schnell umgezogen hast. Übrigens, als ich dich heute Morgen in dem grauen Anzug gesehen habe, hätte ich ihn dir fast ausgezogen. Du hast keine Ahnung, wie gut du darin aussiehst."

„Ich habe eine Wohnung im Einkaufszentrum. Direkt neben meinem Büro", erkläre ich.

„Du wohnst im Einkaufszentrum?"

„Nein, Dummerchen. Ich wohne in der 57. Straße, gegenüber vom Central Park, fast an der Ecke zur Seventh Avenue. Meine Wochenenden verbringe ich manchmal in meinem Haus in East Hampton, außer wenn meine Mutter dort ist. Ich ziehe es vor, nicht bei ihr zu sein", gebe ich zu und ziehe eine Grimasse.

„Scheiße."

„Jetzt wirst du mich fragen, warum ich so viele Überstunden mache, oder?"

„Und wenn ich eine Kette von Schokoladenläden auf der ganzen Welt habe, werde ich immer noch Überstunden machen. Hey, vielleicht können wir uns eines Tages die Kosten für dein Privatflugzeug teilen, denn ich wette, du wirst mir sagen, dass du eins hast, nicht wahr?"

„Ja."

„Ich wusste es, verdammt", sagt sie und hält sich eine Hand an die Stirn.

„Nun, es ist nicht meins. Normalerweise kauft man Stunden für ein Privatflugzeug, damit man es nutzen kann, wenn man es braucht. Wenn du irgendwann ein höherwertiges Flugzeug haben willst, bezahlst du die Differenz", erkläre ich. „Das ist billiger, als wenn das Flugzeug mit seiner Besatzung einen Teil des Jahres ungenutzt bleibt."

„Wir bezahlen es zur Hälfte. Ist das ein Deal?", unterbricht sie und hält ihre Hand auf.

„Nichts würde mich glücklicher machen, als wenn das eines Tages wahr werden würde", gebe ich zu.

Daraufhin legt Alicia ihre Arme um mich und beginnt mich sanft zu wiegen, während sie meine Schläfe küsst.

„Versprich mir einfach, dass du du selbst sein wirst, wenn du mit mir zusammen bist", flüstert sie mir ins Ohr. Ich will die echte Sidney sehen, nicht die hochnäsige, die in deinem Einkaufszentrum herumläuft. Hier, ich lasse dich die Hexe sein, vor der alle Angst haben."

„Du bist blöd."

„Versprochen?"

„Verdammt ja. Ich verspreche es", versichere ich ihr.

„Sonst noch etwas?"

„Weitere Versprechen?"

„Das hier ist sehr ernst und bedeutet mir sehr viel", fügt sie sehr ernst hinzu.

„Du sagst es."

„Wenn eines Tages, aus welchem Grund auch immer, die Dinge mit meinem Laden schief laufen, will ich keine Gefallen einfordern. Ich will es allein schaffen, nicht mit deiner Hilfe. Das musst du mir versprechen, Sidney", mahnt sie und sieht mich mit ihren schönen schwarzen Augen an.

„Es wird nicht passieren."

„Ich weiß, dass es nicht passieren wird, aber du musst es mir versprechen", beharrt sie.

„Nein", seufze ich.

„Sidney. Ich meine es sehr ernst", warnt sie mich.

„In Ordnung", nicke ich, obwohl ich weiß, dass ich es nicht tun könnte, wenn die Zeit kommen würde.

Kapitel 7

Alicia

Ich komme allein im Einkaufszentrum an. Sidney hat meine Wohnung eine Stunde früher verlassen. Anscheinend gibt es ein Problem mit einem der Hauptlieferanten.

Sobald ich meinen Laden betrete, umhüllt mich der Duft von frisch hergestellter Schokolade. Heute war Rosa an der Reihe, früh aufzustehen, um die Schokoladensorten vorzubereiten, die am Vortag ausverkauft waren.

Ich summe ein altes Lied, während ich geistesabwesend mit den Fingerspitzen durch die Pralinenschachteln gleite, wahrscheinlich mit einem dummen Grinsen im Gesicht. Aber es ist einfach so, dass die letzte Nacht mit Sidney unglaublich war. Natürlich, nachdem ich den Schock überwunden hatte, als ich erfuhr, dass ihr das größte Einkaufszentrum der Stadt gehört.

Konzentriere dich, Alicia.

Seufzend fange ich an, die Pralinen in die Geschenkschachteln zu packen, damit ich einige fertig habe, bevor die Kunden kommen. Trotzdem wandern meine Gedanken immer wieder zu den schönen blauen Augen, die letzte Nacht voller Leidenschaft waren.

„Du siehst heute sehr glücklich aus, oder liegt das nur an mir?", scherzt Rosa, als sie sieht, dass ich noch mehr Schokolade holen will.

Ich schüttle den Kopf und grinse wieder dümmlich, während ich merke, wie ich rot werde. sie kennt mich zu gut.

„Die Nacht ist toll geworden, wie ich sehe. Dieses Lächeln... Oh, oh, oh, oh... dieses Lächeln."

„Das Einkaufszentrum wird gleich öffnen", ist meine einzige Antwort, obwohl ich sie leider nicht so gut verbergen kann, wie ich es gerne würde.

„Ich erwarte Details, wenn du sie erzählen willst ... denn ich nehme an, es hat etwas mit der Blondine zu tun, die gestern in einem grauen Anzug herumlief und allen Befehle entgegenbrüllte", beharrt meine Assistentin.

„Ich werde nichts sagen", verteidige ich mich.

„Ist sie gut im Bett?"

„Ich werde nicht über diese Dinge reden, Rosa", protestiere ich.

Ich schüttle den Kopf, lächle und blinzle. Die Türen des Kaufhauses öffnen sich, die Leute kommen herein, die Verkäuferinnen eilen herbei, um sich fertig zu machen, aber meine Augen suchen nur den Horizont nach Sidney ab.

„Hör auf zu seufzen wie ein verliebter Teenager", scherzt Rosa, als sie sieht, wie ich mir nervös eine Haarsträhne hinters Ohr stecke.

Zum Glück füllen die Kunden den Laden auf der Suche nach einem besonderen Geschenk für ihre Lieben in Form einer Praline und ich habe keine Zeit zum Nachdenken. Eines der Videos, die Rosa auf Tiktok gepostet hat, ging viral und ermutigte mehr Leute, Videos über meinen Laden zu posten. Das Ergebnis: Zwei Tage hintereinander gingen uns die Pralinen vor Ladenschluss aus.

Drei Stunden später wird die Routine der Kundenbedienung unterbrochen, als Sidney den Laden auf der anderen Seite betritt, Befehle bellt und einen Wirbelsturm der Wut erlebt. Ihr sonst so strenges, aber elegantes Auftreten wirkt heute anders. Ich sehe, dass sie angespannt ist.

Irgendetwas ist falsch. Sehr falsch.

Claire rennt ihr hinterher, das Gesicht verzogen, das Tablet an die Brust gepresst.

„Ich habe ihr schon drei Nachrichten hinterlassen, sie geht nicht ans Telefon", erklärt sie mit einem besorgten Gesichtsausdruck.

Sidney runzelt die Stirn und strafft nervös ihren Pferdeschwanz.

„Sag ihnen, dass sie entweder ihren Arsch in Bewegung setzen und die Ware ausliefern sollen oder dass es ihr letztes Jahr als Lieferant für De Sallow's ist. Ich brauche jetzt eine Antwort. Es ist mir egal, ob sie einen Schneesturm hatten. Das haben sie davon, wenn sie eine Fabrik am Ende der Welt errichten", sagt er, wobei sie ihre Stimme etwas lauter als nötig erhebt und die Aufmerksamkeit einiger Kunden auf sich zieht.

„Ja, Miss De Sallow", antwortet Claire und geht zur Seite, um ein Telefonat zu führen. Die Lage muss sehr angespannt sein, um sie Miss De Sallow und nicht Sidney zu nennen.

Ich beobachte sie misstrauisch aus der Ferne und überlege, ob ich mich ihr nähern soll oder nicht. Sie strahlt Anspannung aus. Wenn es zu einem so wichtigen

Zeitpunkt für den Verkauf Schwierigkeiten mit der Inventur gibt, könnte das eine Menge Ärger bedeuten.

Schließlich beschließe ich, mich ihr mit kleinen Schritten zu nähern, ängstlich.

„Ich hoffe, du hast genug Rohstoffe auf Lager, damit dir nicht mitten in der Weihnachtszeit die Pralinen ausgehen", sagt sie, sobald ich neben ihr stehe.

Das haut mich um. Gestern Abend habe ich mich damit abgefunden, dass sie im Einkaufszentrum nicht zärtlich oder verletzlich zu mir sein würde, aber ihr Tonfall ist kalt, schneidend. Fast hart.

„Ja, wir sind gut versorgt", murmele ich und nicke schnell.

Ich kann so etwas wie Bedauern in ihrem Blick sehen, aber bald klingelt ihr Handy und sie geht wieder weg und bellt Befehle. Am liebsten würde ich meine Arme um sie legen und sie küssen. Versuchen, ihren Stress zu lindern, aber die zärtliche Sidney von gestern Abend ist jetzt weit weg.

Am frühen Nachmittag taucht sie wieder auf. Sie scheint ein wenig ruhiger zu sein. Oder vielleicht ist sie einfach nur müder. Ich nehme meinen Mut zusammen und mache ihr eine Tasse heiße Schokolade, die ich mit viel Schlagsahne beträufle, und gehe auf sie zu. Ich nutze die Tatsache, dass sie sich in einem Bereich befindet, der teilweise hinter überwucherten Pflanzen versteckt ist und wir etwas Privatsphäre haben.

„Vielleicht hilft das ja", flüstere ich und reiche ihr die Tasse, als wäre sie eine Art Allzweckbalsam.

Sie hält inne und sieht mich an, starrt mich an und so etwas wie ein Lächeln umspielt ihre Lippen.

„Danke", seufzt sie.

„Harter Tag?"

„Du kannst es dir gar nicht vorstellen", sagt sie, nachdem sie einen langen Schluck genommen hat.

„Hey, es gibt nichts, was Schokolade nicht heilen kann. Denk dran, die Götter selbst haben sie uns gegeben", scherze ich mit einem Augenzwinkern.

„Die Schlagsahne ist auch nicht schlecht. Wenn das so weitergeht, nehme ich noch ein paar Pfunde zu", fügt sie hinzu und schließt die Augen, während sie einen weiteren Schluck nimmt.

„Probleme bei der Versorgung?"

„Einer unserer wichtigsten Lieferanten hat uns fallen gelassen", erklärt sie. „Verdammt, all seine Verkäufe drehen sich um Weihnachten, und jetzt kann er wegen eines verdammten Schneesturms nicht liefern? Der Typ ist ein Arschloch. Wann will er denn Stofftiere als Weihnachtsmann verkleidet verkaufen? Im August, damit die Leute sie mit an den Strand nehmen können?"

„Es ist auch nicht seine Schuld, oder? Ich meine, er wird diesen Schneesturm auch verfluchen. Das hätte er vor einem Monat nicht wissen und planen können."

„Er ist ein Arschloch", unterbricht sie mich und beendet damit das Gespräch. „Ich bringe meinen Einkaufsleiter um, weil er nicht zwei Lieferanten für einen wichtigen Artikel hat."

„Blut an Weihnachten zu vergießen könnte Unglück bringen", scherze ich, um sie zum Lächeln zu bringen.

„Du kannst nicht so nett zu den Leuten sein."

„Es ist Weihnachten, Sidney", sage ich.

„Weihnachten ist genau wie jede andere Zeit des Jahres. Für uns ist es wichtiger, weil wir viele Verkäufe in ein paar Tagen konzentrieren. Ich kann mir keine Fehler leisten, und wenn ich Leute entlassen muss, ist es mir egal, ob ich es jetzt oder im Mai tue."

„Glücklicherweise beruhigt Schokolade die Spannung", sage ich und ziehe eine kleine Schachtel mit drei Pralinen aus meiner Tasche.

„Dankeschön, das alles tut mir leid. Du musst dich nicht mit meinen Problemen abfinden."

„Du weißt, dass es mir nichts ausmacht", versichere ich ihr und streichle zärtlich ihren linken Arm.

Sie schließt ihre Augen und seufzt. Ein Hauch von Verletzlichkeit erscheint wieder auf ihrem Gesicht und ich kann nicht anders, als meine Arme um sie zu legen.

„Uff, was für ein Scheißtag", seufzt sie und vergräbt ihren Kopf in meinem Nacken.

Und ich weiß nicht, was über mich gekommen ist, aber ich ertappe mich dabei, wie ich ihr einen Kuss auf die Wange gebe und ihr versichere, dass ich für alles da bin, was sie braucht, während sie sich verhätscheln lässt.

Plötzlich hebt sie den Kopf, fixiert seinen Blick auf meinen und küsst mich. Es ist ein Kuss, der alles sagt. Ich danke dir, ich liebe dich, ich weiß zu schätzen, was du für mich tust, ich will dich. Ein Kuss, der so viel Gefühl ausdrückt, ohne dass Worte nötig sind, dass es beängstigend ist.

„Wow... das war..."

„Unnötig. Wir müssen uns im Einkaufszentrum unter Kontrolle halten", bricht sie abrupt ab, kehrt zu ihrer Rolle als Eiskönigin zurück und sticht mir dabei einen Dolch ins Herz.

„Es tut mir leid", ist alles, was mir dazu einfällt.

„Ich bin sehr beschäftigt. Es ist kein leichter Tag. Wir sprechen uns später", sagt sie eilig, wendet sich von mir ab und vermeidet es, mir in die Augen zu schauen, die sich, wie ich glaube, mit Tränen gefüllt haben.

Ich nehme den Hinweis an. Ich schlucke meinen Stolz und meinen Kummer herunter und kehre mit einem niedergeschlagenen Gesicht in meinen Schokoladenladen zurück.

„War das, was ich teilweise von hier aus gesehen habe, echt?", fragt Rosa, sobald ich eintrete.

„Ich weiß nicht, was du gesehen hast."

„Du und die hochnäsige Dame. Wir haben uns umarmt und dann... dann konnte ich nichts mehr sehen, weil ein Kunde reinkam und mir viele Fragen gestellt hat und nichts gekauft hat", klagt sie.

„Lass es, komm schon!"

„Bist du in Ordnung? Diese Augen..."

„Vergiss es. Ich mache mir zu große Hoffnungen und dann passiert, was passiert", sage ich, ohne es erklären zu wollen.

Aber wenn ich eines über Rosa weiß, dann ist es, dass sie stur wie ein Maultier ist und ein Thema nicht ruhen lassen kann, wenn es sie wirklich interessiert.

„Das ist sie also..."

„Das ist sie was?"

„Diejenige, die die letzten zwei Nächte mit dir geschlafen hat. Du musst nur dein Gesicht am Morgen sehen, um zu wissen, dass du mit jemandem zusammen warst. Und all diese Pralinen mit neuen Mischungen... würzig und süß zugleich. Verdammt, du weißt doch, dass sie der Boss von all dem ist, oder?", fragt sie überrascht.

„Ich weiß es seit gestern. Vielen Dank, dass du mir rechtzeitig Bescheid gesagt hast. Du weißt ja nicht, wie peinlich mir das war", beschwere ich mich.

„Wenn du bestätigt hättest, dass sie es war, hätte ich es dir sagen können", entschuldigt sie sich und zieht die Augenbrauen hoch.

„Nun, das ist egal. Es ist, als ob ich mit zwei verschiedenen Menschen zusammen wäre."

„Sie baut Mauern, weißt du."

„Was?

„Diese Frau, die Verklemmte. Sie baut Mauern um ihr Herz, um jeden fernzuhalten. Jeder hier weiß das. Es ist, als hätte sie vergessen, wie man glücklich ist. Vor allem an Weihnachten", fügt sie hinzu und senkt bei diesem letzten Satz ihre Stimme, als ob es ihn betrübt.

„Vielleicht braucht sie nur jemanden, der sie daran erinnert, wie man glücklich ist", murmle ich.

„Mit Schokolade?"

„Mit Schokolade", wiederhole ich wie ein Idiot und stoße einen Seufzer aus.

„Was ist mit Sex?"

„Mach dich an die Arbeit, komm schon. Das Letzte, was wir brauchen, ist, dass uns die Schokolade ausgeht, wenn sie so gestresst ist", warne ich sie mit einem liebevollen Klaps auf die Schulter.

„Meine Lippen sind versiegelt", verkündet sie und gestikuliert, als würde sie einen imaginären Reißverschluss über seinem Mund schließen. Soweit ich weiß, will sie hier nur den Schein wahren. „Aber ich brauche vollständige Berichte darüber, wie es läuft", fügt sie mit einem Augenzwinkern hinzu, bevor sie sich in die kleine Küche zurückzieht, um weiter Pralinen zuzubereiten.

Und während die Lichter im Einkaufszentrum langsam gedimmt werden, um den Tag ohne Pause zu beenden, weiß ich, dass Sidney irgendwo in diesem riesigen Gebäude hart daran arbeitet, die Weihnachtskampagne zu retten. Ihre Unnahbarkeit hat mich vielleicht geschmerzt, aber ich wünschte, ich könnte jetzt bei ihr sein, zu ihrem Büro gehen und einfach nur schweigend dastehen und meine Unterstützung zeigen.

Ich seufze und beschließe, ihr stattdessen eine kurze Nachricht zu schreiben.

Alicia: Ich weiß, dass du lange arbeiten wirst. Wenn du lieber hier schlafen willst, verstehe ich das. Wenn du in meine Wohnung kommst, steht Abendessen bereit und ein heißes Bad. Bis bald.

Kapitel 8

Alicia

„Scheiße, verdammt!", protestiere ich, als ich aufwache und sehe, dass ich allein im Bett bin.

Der Traum war nur allzu real gewesen. Ich schlief mit Sidney und wurde von liebevollen Küssen auf meinen Hals geweckt, während sie sich an meinen Rücken presste. Aber es ist nur ein verdammter Traum, denn von Sidney fehlt jede Spur.

Ich dachte, sie würde kommen, ich hatte ein besonderes Abendessen für sie vorbereitet. Ich bin sogar von der Arbeit losgelaufen, um nach Lavendel duftende Badebomben zu besorgen. Ich wollte mich so sehr um sie kümmern, sie in meinen Armen entspannen, ihren Körper küssen und streicheln, bis sie neben mir einschlief.

Aber sie ist nie aufgetaucht.

Nicht einmal eine verdammte Textnachricht.

Nichts.

Eine Stimme in mir sagt mir, dass sie es sich anders überlegt hat. Vielleicht habe ich es übertrieben, als ich sie in ihrem Einkaufszentrum umarmt habe, wo uns zweifellos einige ihrer Mitarbeiter gesehen haben müssen. Es kommt mir immer noch dumm vor, aber ich denke, es ist wichtig für sie, das Bild einer kalten, unerreichbaren Frau zu vermitteln. Vielleicht ist das aber auch einfach nicht genug. Es ist möglich, dass ich für Sidney nur ein paar Ficks war, die ihr Körper brauchte. Mehr nicht.

Ich schüttle den Kopf, um die Gedanken zu verdrängen, und schlage die Laken weg. Es hat keinen Sinn zu jammern. Wenn Sidney ihre Meinung geändert hat über... was auch immer wir haben, ich werde es herausfinden. Besser, es passiert jetzt als später – schließlich fangen wir gerade erst an. Dann wäre es noch schmerzhafter. Viel schmerzhafter.

In der Dusche drehe ich das heiße Wasser viel stärker auf als sonst, als ob das Stechen der Hitze auf meiner Haut den Schmerz lindern würde, als ob die tausenden von Wassertropfen den Schmerz wegnehmen könnten. Ich bin ein Idiot. Ich gehe immer zu schnell. Übertreibe es immer. Aber aus irgendeinem Grund schien es bei Sidney so anders zu sein.

Als ich den Laden betrete, ist Rosa schon da. Sie ist früh aufgestanden, um noch mehr Pralinen zu machen. Ich wüsste nicht, was ich ohne sie machen würde.

Ich summe ein trauriges altes Lied, während ich die Pralinenschachteln in der vorderen Vitrine sortiere. Sie sind bei den Kunden des Einkaufszentrums sehr beliebt und irgendwie beruhigt das Sortieren der Schachteln meine Nerven. Jedes Stück passt an seinen Platz, ein krasser Gegensatz zu dem Chaos in mir.

Sidney ist vielleicht überwältigt. Ich werde ihr Freiraum geben. Wenn sie reden will, weiß sie, wo ich bin.

Zu der Zeit, zu der sie normalerweise in den ersten Stock hinuntergeht, um die Geschäfte zu überprüfen, suchen meine Augen in der Menge nach ihr. Es gibt keine Spur von ihr, nur Claire, ihre persönliche Assistentin, erscheint nervös mit ihrem Tablet vor der Brust.

Instinktiv renne ich aus dem Laden, zum Erstaunen von Rosa, die mich mit großen Augen anschaut, und wende mich an Claire, um ihr ein Zeichen zu geben, stehen zu bleiben.

„Claire, stimmt etwas nicht mit Sidney?", frage ich, sobald ich neben ihr stehe. Ich sage nicht einmal hallo, denn meine Nerven übermannen mich.

83

Claire hält inne, seufzt lange und schüttelt den Kopf.

„Sie hat bis nach zwei Uhr nachts gearbeitet. Sie nimmt das Problem mit den Lieferanten sehr übel. Du weißt gar nicht, wie sehr wir alle angeschnauzt wurden, obwohl viele von uns gar keine Schuld haben. Gestern war ein wirklich harter Tag. Sydney ist eine sehr obsessive Person", gibt sie zu und senkt ihre Stimme. „Hör zu, das ist keine Beschwerde. Ich erzähle dir das nur, weil ich weiß, dass zwischen euch beiden etwas ist und ich will das Beste für sie."

„Weißt du es? Hat sie es dir gesagt?"

„Ich bin nicht blind. Und ich bin auch nicht dumm, obwohl Sidney das manchmal denkt", fügt sie hinzu und schnalzt mit der Zunge. „Es ist klar, dass da etwas zwischen euch beiden ist. Sie ist sogar ein paar Tage fröhlicher zur Arbeit gekommen, obwohl sie Weihnachten hasst. Aber gestern..."

„Ich nehme an, die Ware ist noch nicht angekommen."

„Nein, und Sidney ist bereit, selbst dorthin zu gehen und die Fabrik niederzubrennen. So habe ich sie noch nie erlebt. Die Weihnachtszeit ist sehr stressig, wir machen eine Menge Umsatz in wenigen Tagen und der Erfolg oder Misserfolg des ganzen Jahres hängt von diesen

Daten ab. Aber eigentlich ist das gar nicht so wichtig. Ehrlich gesagt, mache ich mir Sorgen um ihre Gesundheit, wenn sie sich weiterhin so verhält", gibt sie zu, schaut sich um und ringt nervös die Hände.

„Gibt es irgendetwas, was ich tun kann?", frage ich besorgt.

„Das Problem ist, dass Sidney nicht delegieren kann. Sie ist besessen von Kontrolle, sie will alles selbst in die Hand nehmen. Sie hat ein gutes Team, das kann ich dir sagen, aber sie wird uns alle in den Wahnsinn treiben und ihre Gesundheit zerstören", fügt sie hinzu, schüttelt den Kopf und atmet tief durch.

„Ich hoffe, dass dieses Problem bald gelöst wird."

„Das hoffe ich auch für alle. Sidney stand schon immer unter großem Druck, weißt du, zuerst von ihrer Familie. Die Leute denken, dass sie großes Glück hatte, das größte Einkaufszentrum der Stadt zu erben, aber ihr Vater wusste das nie zu schätzen. Egal, wie viel sie tat, es war ihm nicht genug. Jetzt, wo ihr Vater tot ist, ist sie diejenige, die unter Druck steht. Sie muss niemandem etwas beweisen, jeder weiß, dass sie sehr gut in ihrem Job ist, aber sie kann nicht anders. Und ich... ich sorge mich um sie, das ist alles", gibt sie zu, beißt sich auf die Unterlippe und schaut weg.

„Scheiße", seufze ich.

„Ich muss los, sonst bringt mich Sidney um", ruft sie plötzlich und schaut auf ihre Uhr. „Alicia, was auch immer zwischen euch ist, lass nicht zu, dass sie wegläuft, okay? Ich glaube, sie braucht dich mehr, als sie je zugeben würde. Die Leute hier nennen sie eine Hexe und noch viel Schlimmeres, aber sie ist ein guter Mensch. Sie ist nur ungeschickt in ihren persönlichen Beziehungen und zu gestresst."

Ohne mir Zeit für eine Antwort zu geben, nicke ich langsam und denke über ihre Worte nach, während Claire in Richtung Rolltreppe rennt und aus meinem Blickfeld verschwindet, verloren in der Menge der Besucher. Wenigstens ist es gut zu wissen, dass Sidney jemanden hat, der sich um sie kümmert.

„Was zum Teufel ist los mit dir?", fragt Rosa, als ich zurück in den Laden komme. „Übrigens, möchtest du einen Trüffel? Ich habe sie gerade gemacht."

„Nein", antworte ich mit einem Grunzen, das viel trockener ist, als ich es beabsichtigt hatte.

„Oh, Liebeskummer?", sagt meine Assistentin und ignoriert meine eindeutigen Gesten, mich in Ruhe zu lassen, denn im Moment habe ich keine Lust, mit jemandem zu reden.

Als ich nicht reagiere, zieht sie an meinem Arm, bis wir uns gegenüberstehen.

„Geht es um die Chefin?"

Ich stoße einen langen Seufzer aus. Es ist sinnlos, es zu leugnen und Rosa kennt mich zu gut. Das kommt davon, wenn man schon als kleine Mädchen befreundet ist.

„Es ist nur... ich weiß nicht, ein Missverständnis, schätze ich. Das ist alles", gebe ich zu.

„Ja, genau, und deshalb fängst du gleich an zu weinen, oder?", insistiert sie.

„Scheiße, Rosa", protestiere ich.

„Ich kenne dich gut, du hast dich in diese Frau verknallt."

„Vielleicht ein bisschen", gebe ich zu.

„Es ist unglaublich, dass meine beste Freundin mit der Besitzerin von De Sallow's Department Store zusammen ist. Alicia Martínez trifft sich mit der Elite von New York City", scherzt sie.

„Ja, gut. Wir sind weder zusammen, noch scheine ich in letzter Zeit mit jemandem zusammen zu sein."

„Ich habe bemerkt, dass sie heute Morgen nicht gekommen ist", sagt sie und zieht die Augenbrauen hoch.

„Es ist..."

„Kompliziert?", vollendet sie den Satz für mich.

„Ja, ich glaube, das ist das Wort, das ich gesucht habe", gestehe ich.

Ich versuche, ein Lächeln zu erzwingen, aber stattdessen füllen sich meine Augen mit Tränen.

„Geh und mach Pralinen, na los. Ich kümmere mich um die Kunden. Ich will nicht, dass du sie vergraulst", sagt sie und deutet mit dem Kinn in Richtung Küche.

Die sich wiederholenden Bewegungen helfen mir, meine Nerven zu beruhigen, obwohl ich mir vorstelle, wie ich eine dieser Pralinen in Sidneys Mund lege und dann die geschmolzene Schokolade von meinen Fingern lutsche. Scheiße, das hat mir gerade noch gefehlt.

Ich überlege, ob ich mit der Rolltreppe in die oberste Etage fahren soll. Ich würde einfach unangekündigt in ihrem Büro auftauchen, mit einer riesigen Schachtel Pralinen, die mit einer roten Schleife in Form eines Herzens verpackt ist. Aber ich denke, sie hat schon genug Stress, ohne dass ich es ihr noch schwerer mache.

Stattdessen hole ich mein Handy aus der Tasche und schicke ihr eine neue Nachricht. Hoffentlich habe ich mehr Glück als bei der gestrigen Nachricht.

Alicia: Ich hoffe, es geht dir gut. Ich weiß, dass es ein paar schwierige Tage für dich waren. Meine Tür ist immer offen, wenn du eine Pause brauchst. Im Ernst, pass gut auf dich auf. Ruf mich an, wenn du etwas brauchst. Ich liebe dich.

Scheiße, vielleicht war der letzte Satz ein bisschen zu viel, so wie die Dinge zwischen uns stehen. Ich will sie nicht erschrecken.

Jetzt ist die Nachricht wohl oder übel abgeschickt worden.

Und ich stehe da wie eine Idiotin, starre auf den Bildschirm und warte auf eine Antwort, die nie kommt.

Kapitel 9

Sidney

Der Cursor blinkt anklagend auf meinem Computerbildschirm, als ob er über meine verschwommene Sicht lachen würde. Ich atme tief durch und massiere meine Schläfe, als ob mich das von den schrecklichen Kopfschmerzen befreien würde, die mich zum Erbrechen bringen könnten.

„Nur noch ein paar Stunden, dann höre ich auf", sage ich zu mir selbst und versuche, meine Energie aufzubringen.

Das leise Klopfen an der Tür unterbricht meine Träumerei. Claire streckt verlegen den Kopf herein, die Stirn vor Sorge gerunzelt.

„Sidney, es ist nach Mitternacht. Du solltest ins Bett gehen", mahnt sie mich.

„Was machst du hier?"

„Ich bin besorgt. Ich wollte dich nicht allein lassen, du siehst nicht gut aus", zuckt sie mit den Schultern.

Ich mache eine unbestimmte Geste mit meiner Hand, als ob ich eine Fliege verscheuchen würde, und schiele auf die Zahlenkolonnen auf der Tabelle, die vor mir zu tanzen scheinen.

„Mir geht es gut, ich muss nur noch die letzten Zahlen durchgehen und dann werde ich mich ausruhen. Ich werde heute Nacht in der Wohnung neben dem Büro übernachten", kündige ich an. „Und jetzt geh nach Hause."

„Du siehst aus, als würdest du gleich ohnmächtig werden. Du hast zu viele Stunden am Stück gearbeitet", sagt Claire und schürzt die Lippen. Dieses Mädchen gibt nicht auf.

„Ich bezahle dich als meine persönliche Assistentin, nicht als meine Krankenschwester. Je eher du mich in Ruhe lässt, desto eher kann ich mich ausruhen", protestiere ich.

„Jemand muss sich um deine Gesundheit kümmern, denn das tust du offensichtlich nicht", antwortet meine Assistentin, die langsam sehr genervt ist.

„Ich entscheide, wann ich aufhöre. Ich brauche deine Meinung nicht", belle ich und lege meine Hände an meine Schläfen, als ich einen stechenden Schmerz spüre.

Claire scheint über meine Geste besorgt zu sein, aber sie bleibt fest in ihrer Haltung.

„Du bist zwar meine Chefin, aber ich kann nicht anders, als mir Sorgen zu machen. Wenn du dich bis zur Erschöpfung abrackerst, hilfst du niemandem. Du tust weder der Firma noch ihren Angestellten einen Gefallen, wenn du heute Abend im Krankenhaus landest", betont sie.

„Raus, bitte, und lass mich arbeiten. Mir geht es gut", befehle ich in einem viel trockeneren Ton, als ich sollte.

„Ruf mich wenigstens an, wenn du etwas brauchst. Ich bin an meinem Schreibtisch, bis du ins Bett gehst."

Ich ziehe es vor, nicht zu antworten. Ich will keine Energie darauf verschwenden, mit einer Frau zu streiten, die sturer ist als ein Maultier. Wenn ich mich besser fühle, werde ich sie daran erinnern, dass wenn ich einen Befehl gebe, dieser auch ausgeführt werden muss.

„Konzentriere dich ein bisschen mehr", murmle ich und blinzle heftig, weil meine Augen fast unerträglich brennen.

Aber die Blendung des Bildschirms versengt meine Netzhaut, obwohl ich die Helligkeit heruntergedreht habe. Jedes Klicken der Tastatur ist wie ein

Hammerschlag auf den Kopf, und als ich aufstehe, um mir die Beine zu vertreten, dreht sich der Raum gefährlich.

„Vielleicht würde etwas Schlaf helfen", murmle ich.

Ich wache mit einem Schreck auf. Der Computerbildschirm ist dunkel geworden. Verwirrt schaue ich auf das Telefon und sein Licht blendet meine Augen. Es ist zwei Uhr nachts. Verdammt!

Benommen versuche ich aufzustehen und der Raum schwankt. Ich halte mich an der Tischkante fest, aber meine Beine geben langsam nach. Ich habe das Gefühl, mich übergeben zu müssen.

Plötzlich packt mich jemand am Ellbogen und sagt Worte, die ich nicht verstehen kann. Ich versuche, sie mit meiner Hand wegzuschieben. Ich protestiere, dass ich weiter die Zahlen überprüfen soll, aber Alicias Arm um meine Taille ist das Einzige, was mich auf den Beinen hält.

„Was machst du hier?", stammle ich.

„Ich habe sie gebeten zu kommen."

„Es ist zwei Uhr morgens, Claire, du bist ein Arschloch", beschwere ich mich.

Ich möchte noch mehr sagen, aber ich beobachte Alicia nur durch eine Art Dunst. Mein Gehirn filtert Fragmente einer verwirrten Unterhaltung heraus: „Sie wird ohnmächtig", „sie hat Fieber".

Sie legen mich auf die Couch im Büro und legen meine Füße auf ein Kissen. Claire legt mir ein kaltes Tuch auf die Stirn. Irgendwann wickelt mich eine von ihnen in eine Decke, die sie wohl aus meiner Wohnung mitgenommen haben.

„Warum hast du mich nicht früher angerufen?", höre ich Alicia sagen.

„Geh und ruhe dich aus", ist meine einzige Antwort. „Warum bist du gekommen?"

„Claire hat mich angerufen. Du hast Fieber."

„Raus mit euch, alle beide. Ich muss fertig werden. Claire, du bist gefeuert", verkünde ich und spreche die Silben aus, als wäre ich betrunken.

„Lass sie uns in meine Wohnung bringen. Die ist gleich nebenan und ich kann mich besser um sie kümmern als hier. Wenn es ihr morgen nicht besser geht, bringe ich sie ins Krankenhaus", sagt Alicia, obwohl ich protestiere.

Sie heben mich hoch, und in meinem Kopf dreht sich alles. Irgendwie schaffen wir es bis zum Haupttor, wo mir einer der Sicherheitsbeamten in ein kleines Auto hilft, von dem ich nicht weiß, wem es gehört.

„Claire, du bist gefeuert", beharre ich.

Die Zeit scheint wieder zu springen und ich öffne meine Augen in Alicia' Schlafzimmer.

„Ich übernehme ab hier. Vielen Dank, Claire", ruft sie, während sie meine Hose aufknöpft. Zieht sie mich vor meiner persönlichen Assistentin aus?

Eine weitere Lücke in meiner Erinnerung. Alicia legt mir ein kaltes, nasses Tuch auf die Stirn. Sie besteht darauf, dass ich eine Tablette nehme, von der sie sagt, es sei Ibuprofen. Sie hat mir ein altes T-Shirt übergezogen, um mich in ihr Bett zu legen.

„Versuch dich auszuruhen", flüstert sie und ihre Stimme verklingt in der Nacht, als wäre sie meilenweit weg. Das Letzte, woran ich mich erinnere, sind weiche Lippen, die meine Stirn küssen.

Kapitel 10

Sidney

Ich öffne träge meine Augen und das Tageslicht erhellt ein Schlafzimmer, das nicht meines ist.

Ich bin durstig. Ein furchtbarer, erstickender Durst.

Verwirrt betrachte ich die zerknitterten Laken und die abgenutzten Möbel. Zwei Fotos von Alicia mit einer älteren Frau mit lateinischen Gesichtszügen hängen an einer Wand, die einen neuen Anstrich vertragen könnte.

Shit.

Erinnerungen sickern langsam ein. Das Schwindelgefühl in meinem Büro. Der Streit mit Claire. Alicia, die plötzlich auftauchte, als wäre sie ein echter Schutzengel. Wieder Claire. Beide brachten mich hierher, in dieses Bett.

Bevor ich aufstehen kann, erscheint Alicia mit einem Tablett und einer Schüssel mit einer dampfenden Flüssigkeit. Ein wunderschönes Lächeln erhellt ihr Gesicht, obwohl die Schatten unter ihren Augen mir verraten, dass sie nicht viel Schlaf bekommen hat.

„Guten Morgen", sagt sie und stellt das Tablett auf den Nachttisch, "ich habe dir eine selbstgemachte Hühnersuppe mitgebracht. Meine Großmutter hat sie für mich gekocht, als ich ein Kind war, wenn sie krank war."

Ich schließe meine Augen und ein köstlicher Geruch erfüllt meine Nasenlöcher. Ich glaube nicht, dass ich mich daran erinnern kann, wann sich das letzte Mal jemand so sehr um mich gekümmert hat, während ich im Bett lag. Vielleicht noch nie.

„Mit dem hier und den Pralinen versuchst du, mich zum Zunehmen zu bewegen, oder?", protestiere ich, aber ein albernes Lächeln umspielt meine Lippen.

„Ich muss mich um dich kümmern, also iss, oder ich gebe es dir wie einem kleinen Mädchen", kündigt sie mit einem Zwinkern an, das mich zum Schmelzen bringt.

„Ich muss zugeben, das ist die beste Hühnersuppe, die ich je gegessen habe", gebe ich nach dem ersten Löffel zu. „Sie ist fast wie ein Zaubertrank", scherze ich.

Ich wickle meine Hände um die Schale und sofort tröstet mich ihre Wärme.

„Danke für die Suppe, aber sobald ich sie aufgegessen habe, muss ich los, ich habe viel zu tun", sage ich, schaue nervös auf die Uhr und stelle mir die Arbeit vor, die sich stapelt.

„Halt die Klappe!", flüstert Alicia und hält mir mit zwei ihrer Finger den Mund zu. „Ich habe heute das Sagen und du wirst tun, was ich dir sage, bis du wieder ganz gesund bist", fügt sie hinzu und legt eine Hand auf meine Stirn, um meine Temperatur zu messen.

Mein überraschtes Gesicht muss ein Gedicht sein, denn ihr entweicht ein kleiner Lachanfall, als sie mich sieht.

„Das Fieber ist gesunken. Du wirst bald wieder gesund sein."

„Was ist in der Suppe?", frage ich und schließe die Augen, während ich einen weiteren Löffel nehme. „Sie schmeckt wirklich gut."

„Die Eingeweide einer Fledermaus. Es ist ein altes aztekisches Rezept."

„Was?!"

„Spaß, Sidney. Nur Hühnchen, etwas Salz und ein paar Gewürze für den Geschmack. Und eine Menge Liebe, das macht den Unterschied."

Ich schüttle amüsiert den Kopf und esse meine Suppe auf. Aus irgendeinem Grund überkommt mich die

Müdigkeit. Vielleicht bin ich noch zu müde. Alicia bemerkt das, nimmt das Tablett weg und deckt mich zu, während ich mich auf die Matratze lege.

„Willst du bleiben? Nur bis ich einschlafe", frage ich und greife ihr Handgelenk, als sie sich zum Gehen wendet.

„Ich fange an, diese kuschelige Sidney zu mögen", flüstert sie, kuschelt sich an mich und küsst meine Wange.

Bald nimmt die Müdigkeit überhand und der Schlaf holt mich ein. Vielleicht hilft auch Alicia, die mir zärtlich über die Haare streichelt, während sie ein altes mexikanisches Schlaflied singt.

Der Rest des Tages vergeht in einem Dunst aus abwechselndem Schlaf und Wachsein. Alicia kümmert sich um mich, als wäre ich der einzige Mensch auf der Welt. Sie kühlt meine Stirn mit kalten Tüchern, wenn sie sieht, dass meine Temperatur steigt, bereitet Kräutertees zu und kocht mir eine neue Brühe zum Abendessen. So sehr, dass ich für ein paar Stunden vergesse, dass mitten in der Weihnachtszeit niemand für das Einkaufszentrum zuständig ist.

„Es tut mir leid, dass ich in den letzten zwei Tagen so distanziert war", flüstere ich nach dem Essen.

„Was hast du gesagt?"

„Alicia, bitte."

„Nein, im Ernst, kannst du das wiederholen? Warte, ich nehme es auf", scherzt sie und holt ihr Handy aus der Tasche.

„Du bist eine Idiotin. Du weißt nicht, wie schwer es mir fällt, mich zu entschuldigen", gebe ich zu.

„Ich weiß, und deshalb schätze ich es. Gewöhn dich daran, verwöhnt zu werden", fügt sie hinzu und küsst meine Nasenspitze.

„Alicia, ich..."

Schon wieder diese Zweifel.

Als sie meine Nervosität bemerkt, nimmt sie meine Hand in ihre und verschränkt unsere Finger. Sie lächelt, bevor sie wieder spricht.

„Ich bin für dich da, aber du musst mich in Ruhe lassen. Nimm mich nicht von dir weg. Wenn du Zweifel hast, können wir darüber reden, aber triff keine eigenen Entscheidungen, ohne dich auf mich verlassen zu können. Ich würde gerne sehen, ob das, was zwischen uns ist, funktionieren kann, aber du machst es mir sehr schwer, ich schätze, das weißt du, oder?"

„Ich weiß", seufze ich.

„Übrigens finde ich, dass Claire auch eine Entschuldigung verdient hat, obwohl dir das wohl noch schwerer fallen wird", sagt sie und zieht die Augenbrauen hoch.

„Scheiße, ich muss wieder an die Arbeit."

„Claire und der Rest deines Teams kümmern sich bereits um alles. Sie hat vor einer Weile angerufen. Sie hat mit dem Lieferanten gesprochen, der dich im Stich gelassen hat, und sie haben eine dringende Lieferung organisiert. Die Ware wird heute Nachmittag ankommen", sagt sie. „Also lass die Leute sich doch einmal um dich kümmern. Ich würde sagen, sie machen einen guten Job."

„Claire ist gefeuert", murmle ich.

„Dafür gibt es keine Zeugen, keine unterschriebenen Papiere, also arbeitet sie im Grunde genommen immer noch für dich", scherzt sie. „Wenn du willst, dass ich dir noch eine hausgemachte Hühnersuppe koche, solltest du dich entschuldigen. Ein ‚Es tut mir leid' würde genügen."

Ich schüttele amüsiert den Kopf über ihre Bemerkung und merke, dass ich eine Idiotin war. Ich ziehe an ihrem Arm und Alicia fällt zu mir aufs Bett. Sie küsst mich auf die Stirn und schmiegt sich an meinen Rücken, und zum ersten Mal in meinem Leben verspüre ich nicht den Drang, wegzulaufen. Es gibt keinen anderen Ort, an dem ich in diesem Moment lieber wäre. Ich bin genau da, wo ich sein will.

Vielleicht ist es das, was Liebe ausmacht.

Kapitel 11

Alicia

„Guten Morgen, meine schöne Sidney, wie war dein Mittagsschlaf?", frage ich mit einer übertriebenen Verbeugung, als wäre ich eine Figur aus dem Mittelalter.

„Hallo", seufzt sie.

„Hallo? Ist das alles?", scherze ich, während ich eine Hand in einer dramatischen Geste an mein Herz halte.

Sidney lächelt achselzuckend, aber die Traurigkeit scheint in ihre Augen zurückgekehrt zu sein.

„Was ist los, fühlst du dich nicht gut?", frage ich und lege mich neben sie auf das Bett.

„Es ist nichts, wirklich."

„Ich weiß nicht, warum ich dir nicht glaube. Du weißt, dass du mir alles sagen kannst, oder?", insistiere ich.

Sidney fährt sich mit der Hand über den Nacken, öffnet ein paar Mal den Mund, als ob sie etwas sagen wollte, aber die Worte kommen nicht aus seiner Kehle heraus.

„Wie wäre es, wenn ich dir ein paar Pralinen gebe, die ich nur für dich vorbereitet habe?"

„Das bringt nichts, du kennst meine Schwachstelle. Mit Schokolade kann man nicht verhandeln", beschwert sie sich.

„Wirst du es mir sagen?"

„Erst die Pralinen."

„Ich sehe, du bist ein harter Verhandlungspartner", scherze ich. „Ich gehe und hole sie."

Als ich zurückkomme, sitzt Sidney auf dem Bett. Sie klopft mehrmals mit der Hand auf die Matratze und gibt mir ein Zeichen, mich neben sie zu setzen.

„Die Pralinen", befiehlt sie und legt ihre Handfläche nach oben.

„Öffne deinen Mund und schließe deine Augen", flüstere ich.

„Muss ich vertrauen?"

„Du wirst sehen."

Sie schüttelt amüsiert den Kopf, aber sie tut, was ich sage, und das kleine Stöhnen, das sie von sich gibt, sobald ich ihr die erste Praline in den Mund stecke, lässt mich erschaudern.

„Heißt das, du magst es?"

„Ich hatte gerade einen kulinarischen Orgasmus", gesteht sie lachend. „Sie sind unglaublich."

„Wirst du mir jetzt sagen, was mit dir los ist?" hake ich nach.

„Mal sehen, die Sache ist die. Weihnachten ist nicht gerade meine Lieblingszeit im Jahr. Du hast dir die falsche Zeit ausgesucht, um mich anzusprechen, jeder andere Monat des Jahres wäre einfacher gewesen. Es tut mir leid", gibt sie zu.

Ich blinzle überrascht und schweige, während sie sich mehr Schokolade in den Mund steckt und die nächsten Worte zu wählen scheint.

„Ich weiß, dass alle Weihnachten lieben, aber für mich war es immer... schwierig, gelinde gesagt", gibt sie zu.

„Lass dir Zeit", flüstere ich, als ich sehe, dass es ihr schwerfällt, weiterzumachen.

„Wegen der Kaufhäuser hat meine Familie Weihnachten nicht gefeiert, sondern für die Hauptverkaufszeit geplant. Ein großer Teil des Einkommens konzentriert sich auf diese Tage und alles, was ich von Weihnachten in Erinnerung habe, ist, dass mein Vater sehr gestresst war, über irgendetwas Dummes schimpfte oder beim Abendessen über wirtschaftliche Zahlen sprach."

„Und als du noch ein Kind warst?"

„Ich ging auf eine Privatschule und..."

„Ja, Überraschung", unterbreche ich und rolle dramatisch mit den Augen.

„Kannst du mich nicht unterbrechen? Während alle meine Freunde verreisten, musste ich still zu Hause bleiben. Mein Vater würde in dieser Zeit schon bei einem Flüstern ausrasten."

„Wenn es dich tröstet, ich bin auch nie verreist", versichere ich ihr.

„Jetzt verstehe ich, dass viele Leute an Weihnachten nicht verreisen, aber damals war diese Schule alles, was ich kannte, und ich war die Einzige, die blieb. Jedenfalls ist es nicht das, worüber ich mich beschwere, sondern das völlige Fehlen von Freude in meinem Haus. Es war keine Zeit des Feierns, sondern eine Zeit der Anspannung", erklärt sie.

„Das muss doch beschissen sein. Ich erinnere mich noch gut an Weihnachten, als ich ein Kind war und wir kein Geld hatten, um etwas Besonderes zu machen", gebe ich zu und streichle sanft ihren linken Arm.

„Die einzige, die sich um mich kümmerte, war meine Großmutter, aber sie starb, als ich sieben war. Von da an war nichts mehr. Kein Glück, keine Küsse, keine Umarmungen. Geschenke ja, jede Menge, aber Geschenke sind ohne Liebe nutzlos, das kann ich dir versichern. Sie dachten, sie könnten die Liebe durch viele Pakete ersetzen, die ich am Weihnachtstag öffnen kann, und das hat mich nicht glücklich gemacht. Erst recht nicht, seit ich weiß, dass diese Geschenke in Wirklichkeit Gratisproben waren, die mein Vater von den verschiedenen Anbietern im Einkaufszentrum bekommen hat."

„Scheiße!"

„Ich stellte mir immer vor, wie Weihnachten in einer normalen Familie sein würde. Ich schaute mir Filme im Fernsehen an, ganz leise, um meinen Vater nicht zu stören, und bewunderte die Szenen, in denen sie Schlitten fuhren, Schneemänner bauten und am Feuer saßen und sich als Familie unterhielten." Sie lächelt gezwungen, ohne ihre Augen zu erreichen und zuckt gleichgültig mit den Schultern. „Für meine Eltern ging es immer um Produktivität und Leistung. Liebe war überflüssig."

„Das tut mir leid", seufze ich und umarme sie zärtlich.

„Die Dinge wurden nicht besser, als ich älter wurde. Wenn überhaupt, wurden sie schlechter. Jede Leistung war nie genug. Egal, wie sehr ich mich bemühte, es war immer zu wenig für meine Eltern. Und jetzt... jetzt glaube ich, dass ich zu meinem Vater werde, ohne es zu merken", gibt sie mit einem Zusammenzucken zu.

„Scheiße, Sidney. Das wird nicht passieren. Du verdienst etwas Besseres. An Weihnachten geht es nicht um Geld, es geht um Freude und Liebe. Es geht ums Feiern."

„Ich fürchte, ich glaube nicht an solche Dinge", antwortet sie.

„Ich weiß, aber ich werde es mir zur Aufgabe machen, deine Meinung zu ändern. Das wird dein schönstes Weihnachten", versichere ich ihr und steige schnell aus dem Bett.

Nach kurzer Zeit erscheine ich wieder im Schlafzimmer und trage einen Karton in meinen Armen.

„Was ist das?", fragt sie verwirrt.

„Operation Weihnachtswunder kann beginnen", rufe ich mit einer dramatischen Geste, sobald ich die Schachtel auf das Bett stelle.

„Girlanden und Ornamente?" Sidney ist überrascht.

„Wir werden das ganze Haus dekorieren. Wir beide",
betonte ich.

„Ich bin noch sehr schwach", protestiert sie und rollt
mit den Augen. „Ist das wirklich nötig?"

Ich mache mir nicht die Mühe zu antworten, sondern
zwinkere und zucke mit den Schultern, während ich die
Kiste ausräume und ihren Inhalt auf den Tisch lege.
Sidney schüttelt amüsiert den Kopf und blinzelt.

Bald stellen wir im ganzen Haus Girlanden auf, einen
Plastikbaum, der sich zur Seite neigt, weil wir zu viele
Kugeln hineingesteckt haben, eine Krippe mit
handgefertigten Figuren aus Mexiko, die ich schon seit
meiner Kindheit habe.

„Ich muss zugeben, dein Weihnachtswahnsinn ist ein
bisschen ansteckend", scherzt Sidney und lässt sich auf
das Sofa plumpsen, als wir fertig sind.

„Jetzt hilfst du mir, Kekse im Ofen zu backen",
verkünde ich.

„Du weißt, dass das zu klischeehaft ist, nicht wahr?",
protestiert sie, als ich auf meinem Handy eine
Weihnachtslieder-Wiedergabeliste auswähle.

Bald sind wir beide mit Mehl bedeckt und ich lache, als ich sehe, wie sie versucht, eines der Weihnachtslieder in einem völlig falschen Ton zu singen.

Sie legt ihre Hände auf meine Taille und drückt mich gegen den Tresen, um mich zu küssen. „Danke für all das, es war... wunderbar, denke ich", gibt sie zu.

„Du hast noch gar nichts gesehen", antworte ich. "Ich werde nicht aufhören, bis du im Schlaf Weihnachtslieder singst."

„Hast du noch mehr Sachen parat?"

„Einen Weihnachtsfilm. Weihnachten wäre nicht Weihnachten ohne einen Hallmark-Film."

„Das meinst du nicht ernst", sagt sie und zieht die Augenbrauen hoch.

„Ich meine es total ernst", flüstere ich. „Das ist Tradition. Wenn du es nicht tust, werden dich die Geister der vergangenen, gegenwärtigen und zukünftigen Weihnachten besuchen, und das wird nicht schön sein. Ich warne dich."

Sidney versucht zu protestieren, aber bald liegt sie wieder auf der Couch, sein Kopf ruht wie ein provisorisches Kissen auf meinem Oberschenkel und sie küsst meine Hand jedes Mal, wenn ich ihre Wange oder die Seite seines Halses streichle.

„Erinnerst du dich an irgendetwas von Weihnachten mit deiner Großmutter?", frage ich und schiebe eine Hand unter seinen Pyjama.

„Sehr wenig. Ich war sieben, als sie starb. Ich weiß noch, dass wir Kekse gebacken haben und sie mich ins Ballett mitgenommen hat. Aber eigentlich nicht viel, nur dass ich mit ihr glücklich war."

„Ich vermisse meine sehr", gestehe ich seufzend.

Sidney umarmt mein Bein, während ich ihr Haar durch meine Finger kämme oder ab und zu ihren Kopf küsse.

„Das ist sehr gut", räumt sie ein.

„Ist es", gebe ich zu.

Wir verstummen und der Film wird zum Hintergrundgeräusch. Ich höre nur sein langsames Atmen, spüre die Wärme ihres Körpers, ein Aufflackern an jeder Stelle, die mit der meinen in Berührung kommt, und die Zeit scheint für ein paar Augenblicke stillzustehen.

„Vielleicht könnte ich auf den Geschmack kommen, Weihnachten mit dir zu verbringen, wenn es immer so sein wird", murmelt sie, während sie mich anlächelt und eine Haarsträhne hinter ihr Ohr steckt.

„Erinnerst du dich, dass ich dir vor ein paar Tagen eine Nachricht geschickt habe, in der ich dir ein entspannendes Bad versprochen habe, wenn du kommst?", frage ich, während ich ihre Wange mit dem Handrücken streichle.

„Ja, tut mir leid, ich..."

„Shh. Es wäre eine Schande, die Badebomben, die ich für diesen Anlass gekauft habe, nicht zu nutzen. Heute scheint der perfekte Tag zu sein, um dich noch mehr zu verwöhnen", versichere ich ihr mit einem Augenzwinkern.

Kapitel 12

Sidney

„Kann ich jetzt reingehen?", frage ich und zittere vor Vorfreude.

Sobald ich mich dem Badezimmer nähere, ruft das Geräusch des Wassers, das die Badewanne füllt, nach mir wie der Gesang einer Sirene. Im Allgemeinen ist Alicias Wohnung ziemlich klein, aber diese Badewanne... Puh, ich möchte sie lieber nicht fragen, ob sie das Haus wegen ihrer Größe gewählt hat.

Ich stecke meinen Kopf durch die halb geöffnete Tür und sehe sie, wie sie sich hineinlehnt und die Temperatur des Wassers überprüft. Dampfschwaden bilden sich um sie herum und ein süßer Lavendelduft weht durch das Badezimmer.

„Netter Arsch", rufe ich aus und gebe ihr liebevoll einen Klaps auf den Hintern.

„Du kommst genau richtig. Dein Bad ist fertig", säuselt sie mit einem Zwinkern, das selbst den Nordpol zum Schmelzen bringen könnte.

Als ich beginne, mich auszuziehen, streift die immer noch kühle Luft über meine Haut, aber Alicias Blick reicht aus, um meinen ganzen Körper in Brand zu setzen.

„Gefällt dir die Aussicht?"

Alicia lächelt, beißt sich auf die Unterlippe und ich schwöre, dass ich jedes Mal, wenn sie das tut, die Unterwäsche wechseln muss. Ich genieße noch ein paar Augenblicke in ihrem begehrlichen Blick und lasse mich langsam in die Wanne sinken, wobei mir ein Seufzer der Freude entweicht, als mich die Wärme des Wassers umhüllt.

„Kommst du mit?", schlage ich vor und strecke meine Hand aus.

„Ich dachte, du wolltest mich das nicht fragen", protestiert Alicia und hebt die Augenbrauen.

Und jetzt bin ich diejenige, die seufzt, als ich sie nackt vor mir stehen sehe. Scheiße, sie hat einen perfekten Körper. Ihr Hautton, die Form ihrer Brüste, ihre Nippel. Ihre Hüften. Einfach alles. Wenn ich mich nur für eine Sache entscheiden müsste, wüsste ich nicht, für welche.

„Das ist genau das, was ich gebraucht habe", versichere ich ihr.

Alicia steht hinter mir und während ich mich an ihren nackten Körper lehne, streichelt sie mit ihren Zehen meine Waden.

„Du weißt wirklich, wie man einer Frau das Gefühl gibt, etwas Besonderes zu sein", gebe ich zu.

Die Berührung ihrer Schenkel an meinen ist mehr, als ich ertragen kann und ich werde so erregt, dass ich mich gleich umdrehen und auf sie stürzen will.

„Neige deinen Kopf zurück, lass mich dein schönes Haar waschen", flüstert sie mir ins Ohr und ich bekomme eine Gänsehaut.

Ich tue, was sie sagt, und schon bald spüre ich ihre Hände, die meinen Kopf mit Shampoo massieren, ihre Bewegungen sind sanft und kreisförmig. Verdammt, das ist so entspannend, dass ich ein kleines Stöhnen ausstoße.

„Es scheint dir zu gefallen", zischt sie, bevor sie zärtlich an meinem Ohrläppchen knabbert.

„Es ist... es ist unglaublich. Ich will nicht, dass es aufhört", gebe ich mit einem langen Seufzer zu, während ich meine Augen schließe und mich entspanne.

„Es ist sauber und glänzt", verkündet sie, nachdem sie eine Weile mit der Dusche über mein Haar gefahren ist.

Ich antworte nicht einmal. Ich öffne meine Augen nicht, sondern lehne meinen Kopf ganz zurück und drücke meinen Rücken gegen ihre Brüste, während sie langsam mit ihren Fingerspitzen meine Arme auf und ab fährt und mich zum Zittern bringt.

„Du verwöhnst mich zu sehr."

„Du verdienst es, verwöhnt zu werden. Du solltest dich öfter von mir verwöhnen lassen und dich nicht wie eine kalte Frau aufführen", sagt sie und fährt mit seinen Fingern die Konturen meiner Brüste entlang.

Ich glaube, sie merkt, dass sich mein Atem beschleunigt, und sie zieht ihre Hände weg und lächelt, als ich verzweifelt nach Luft schnappe.

„Besser mit ein bisschen Seife", flüstert sie und verteilt einen großzügigen Spritzer Duschgel auf meinen Brüsten.

Ich drücke meine Schenkel zusammen, als ich spüre, wie es heruntergleitet und sie ihre Nägel leicht in meine Haut gräbt. Der Kontrast zwischen der Kühle des Gels und der Wärme des Wassers ist so extrem erregend, dass ich nicht glaube, dass ich noch viel mehr aushalten kann.

Ein weiterer Seufzer, als sie meinen Nacken und meine Schultern eincremt und Knoten löst, von denen ich nicht einmal wusste, dass ich sie habe. Meine Erregung steigt mit jeder ihrer Bewegungen. Sie streicht über meine Oberschenkel, bevor sie sich nach innen bewegt und meinem Geschlecht gefährlich nahe kommt, dann zieht sie sich zurück.

Als ihre Finger das nächste Mal an der Innenseite meines Oberschenkels entlangfahren, fange ich ihre Hand auf und bringe sie direkt in das Zentrum meiner Erregung.

„Ich halte es nicht mehr aus", gestehe ich mit einem langen Seufzer.

Ich drehe meinen Hals und gebe mich in einen wunderbaren Kuss. Ich brauche sie, ich brauche diese Frau an meiner Seite. Ich stöhne leise gegen ihren Mund an, während sie ihre Hände auf meine Hüften legt und mich zu sich zieht, bis kein Millimeter mehr zwischen unseren Körpern ist.

Ich beuge mich vor, greife nach ihren Brüsten, halte ihre kleinen Nippel zwischen meinen Fingern und verschmelze in einer Symphonie aus Stöhnen, die nur durch das Plätschern des Badewassers unterbrochen wird.

„Sidney", keucht sie, und allein dieses Wort drückt ein Meer von Leidenschaft und Verlangen aus.

Meinen Namen in einem sinnlichen Keuchen zu hören, schürt die Flamme. Wir küssen uns wieder und sie stöhnt gegen meinen Mund, als sie meine Finger an ihrem Geschlecht spürt. Sie spreizt ihre Beine, um mich einzuladen, und das wunderbare Stöhnen, das ihrer Kehle entweicht, wenn ich das tue, die Art und Weise, wie sie ihren Rücken krümmt und ihre Augen schließt, empfinde ich als sublime Erotik.

„Leck mich!", seufzt sie. „Ich brauche dich in mir."

Und diese Einladung ist Musik in meinen Ohren. Ich dringe langsam mit meinen Fingern in sie ein und streiche mit meinem Daumen über ihre Klitoris, während sie mich festhält und ihre Hüften bewegt, um mich zu empfangen.

„Verdammt, ja", murmelt sie, während sie ihre Finger in mein Haar gräbt.

Sie hebt eines ihrer Beine an, um sich auf dem Wannenrand abzustützen, und stöhnt auf, als ich den Rhythmus erhöhe und meine Finger leicht krümme, bis sie einen Freudenschrei ausstößt und neben meinem Ohr keucht, als sie nach Luft schnappt.

„Das war... unglaublich. Wunderbar", gibt sie zu und schnappt nach Luft. „Ich glaube, ich habe noch eine Rechnung mit dir offen", stichelt sie, während sie mir mit einer Geste zeigt, dass ich mich mit dem Rücken auf ihre Knie stützen und meine Hüften anheben soll.

Ich tue, worum sie mich bittet und bin mir nicht sicher, ob ich nicht jeden Moment das Gleichgewicht verliere, aber als sie ihre Hände auf meine Pobacken legt und mein Geschlecht in ihren Mund zieht, sind alle Zweifel schnell verflogen.

Ich stoße einen Schrei aus, als ich spüre, wie ihre Zunge langsam über mich fahren und von meinem Damm zu meinem Kitzler gleiten. Dort hält sie inne, um das Gleiche noch einmal zu tun. Von diesem Moment an gibt es keine Worte mehr, nur noch Stöhnen, Keuchen und Seufzen, während Alicia sich an meinem Geschlecht gütlich tut, wenn man ihren Erregungsgrad betrachtet.

Ich wiege meine Hüften, reibe mich an ihrer Zunge, ihren Lippen oder sogar ihren Zähne und schaudere, als Wellen der Lust mich überrollen, bis ich nicht mehr kann und einen wunderbar intensiven und langen Orgasmus ausstoße.

Alicia hält mich fest, sobald meine Knie nachgeben, ihre Hände liegen auf meinen Pobacken und sie nimmt ihren

Mund nicht von meinem Geschlecht, um endlose kleine Lustkrämpfe zu erleben.

„Jetzt, jetzt. Bitte, Alicia", flehe ich, als ich es nicht mehr aushalten kann.

Nachdem ihrem Orgasmus umarmen wir uns und die ganze Welt wird auf diesen Moment reduziert. Alles um uns herum verschwindet, alles, was bleibt, ist die Wärme ihrer nackten Haut, unser rasender Atem, Urseufzer der Lust und der köstliche Duft von Lavendel.

Kapitel 13

Sidney

„Wach auf, Schlafmütze!"

Alicia betritt das Schlafzimmer wie ein Ausatmen und zieht die Jalousien hoch, um das Licht hereinzulassen.

„Wie spät ist es?", frage ich mit einem langen Gähnen.

„Komm schon, steh auf!", insistiert sie und zieht die Bettdecke zurück. „Ich dachte, du stehst immer so früh auf."

Ich öffne meinen Mund, um zu antworten, aber statt Worten bekomme ich nur ein dummes Grinsen zustande. Es stimmt, dass ich normalerweise ein Frühaufsteher bin, aber in den drei Tagen, die ich bei Alicia war, habe ich nichts anderes getan als geschlafen. Die ersten beiden Tage mag das Fieber und die angesammelte Müdigkeit schuld gewesen sein, aber jetzt? Ich bin voller Energie und trotzdem schlafe ich neben ihr wie ein Baby.

„Von welcher Überraschung sprichst du?", frage ich und versuche, meine Augen an das Licht zu gewöhnen. „Kann das nicht noch ein paar Stunden warten?"

„Nein, los, aufstehen", beharrt sie.

Sie nutzt die Gelegenheit, um sich auf mich zu legen und mich zu kitzeln und bald ist der Traum nur noch eine Erinnerung.

„Ich hoffe, es ist eine spektakuläre Überraschung", protestiere ich auf dem Weg ins Bad.

„Du wirst es lieben. Beeil dich, ich koche gerade Kaffee für uns beide."

Eine Dreiviertelstunde später, gut koffeiniert und mit einem dicken Mantel und einer Wollmütze bekleidet, laufen wir Hand in Hand durch die belebten Straßen, bis ich die vermeintliche Überraschung erkenne.

„Oh, nein, nein, nein. Auf keinen Fall. Ich werde mich nicht lächerlich machen", protestiere ich, bleibe stehen und schüttle den Kopf.

„Sei kein Spielverderber."

„Nein", beschwere ich mich. „Außerdem sind dort die Angestellten des Einkaufszentrums mit ihren Familien. Das werde ich nicht tun."

„Ein Grund mehr für dich, ihnen die echte Sidney zu zeigen. Bitte?"

Vielleicht ist es der verlassene Welpenblick, den sie mir zuwirft, oder der Tonfall in ihrem "Bitte". Die Wahrheit ist, dass ich mich dabei ertappe, wie ich nach Schlittschuhen in meiner Größe frage – zum Erstaunen der Person, die sie ausleiht.

„Du brauchst nicht für den Schlittschuhverleih zu bezahlen, Chefin, deine Firma bezahlt das alles schon", sagt sie und zeigt auf die Eisbahn.

Alicia muss meine Nervosität sehr amüsant finden, wenn man das Grinsen betrachtet, das nicht von ihren Lippen weichen will.

„Ich kann nicht eislaufen", gestehe ich, bleibe dicht bei ihr und senke meine Stimme.

„Die Hälfte der Leute da drinnen kann es auch nicht", antwortet sie. „Warte, dein Einkaufszentrum baut diese Eisbahn schon seit Jahren. Ich erinnere mich noch an sie, als ich als Kind nach New York kam. Du bist noch nie darauf gelaufen?"

„Werbung, du weißt schon, die Abteilung für Unternehmensverantwortung, um die Leute dazu zu bringen, uns wohlwollend zu betrachten und mehr zu kaufen", erkläre ich leise flüsternd, damit mich keine Kunden hören.

„Es ist normal, dass die Hälfte der Leute hier deine Angestellten sind."

„Die werden sich kaputtlachen", protestiere ich und verstehe nicht, warum Alicia so darauf besteht.

„Sie werden es nicht tun. Höchstens werden sie mit dir lachen, nicht über dich. Das macht dich menschlicher. Du denkst, du bist in einer deiner Marketingkampagnen."

„Ich schwöre, du wirst dafür bezahlen", versichere ich ihr. „Du wirst einen Monat lang keinen Sex haben."

„Halt die Klappe und nimm meine Hand", kontert sie.

Ängstlich lasse ich eine Hand vom Geländer los, während ich die andere fest umklammere. Alicia fordert mich mit verzweifelten Gesten auf, ganz loszulassen, und ich spüre alle Augen auf der Eisbahn in meinem Nacken.

„Verdammt, ich werde fallen", protestiere ich und umklammere ihren Arm, während ich versuche, mit kurzen, unsicheren Schritten vorwärts zu kommen.

„Keine Sorge, ich lasse dich nicht fallen", antwortet sie mit einem Augenzwinkern.

Sie lächelt, ich nehme an, sie will mich aufmuntern, aber meine Knöchel fühlen sich an wie Knetmasse und wackeln wie die Füße eines neugeborenen Rehs.

Alicia fährt vorsichtig rückwärts und hält mich fest, während ich meine ersten Schritte mache.

„Siehst du, es klappt! Willst du mal eine ganze Runde drehen?"

„Okay, aber wage es ja nicht, mich loszulassen."

Fast am Ende der Runde bin ich stolz auf meine Fortschritte, ich erlaube mir sogar ein Lächeln, aber plötzlich kreuzen sich meine Kufen und ich verliere das Gleichgewicht. Ich schreie auf und fuchtle mit den Armen, in Erwartung des Aufpralls auf dem Eis, aber bevor ich stürze, schlingt Alicia ihre Arme um mich und hält mich auf den Füßen.

Ich bleibe an ihr kleben, mein Mund ist nur Zentimeter von ihrem entfernt. Ihr Blick füllt sich mit Panik, bis sie zu lachen beginnt. Es ist ein echtes, eingängiges Lachen, eines dieser ansteckenden Lacher. Ich lache auch, aber nur kurz, denn einige der Anwesenden fangen an zu klatschen und zu jubeln, so dass ich mich zu einem dankbaren Lächeln zwingen muss, um meine Verlegenheit zu verbergen.

„Ich schwöre, dass du dafür bezahlen wirst", murmle ich.

„Du hast eine Menge Punkte bei deinen Mitarbeitern gesammelt. Du musst nicht die ganze Zeit die perfekte Frau sein. Bis heute Nachmittag werden deine Videos, in denen du fast auf den Hintern fällst, überall auf den Messageboards der Firma und auf Tiktok zu sehen sein. Ich hätte dich gleich ganz fallen lassen sollen", scherzt sie, während sie mich zum Ausgang führt.

***

„Bist du jetzt über deine Wut hinweg?", fragt Alicia mit einer heißen Schokolade in der Hand.

Sie setzt sich neben mich auf das Sofa und reicht mir die Tasse mit der Hand.

„Und?"

Ich verdrehe die Augen und versuche, so zu tun, als wäre ich beleidigt, aber die Wärme der Tasse tröstet mich. Außerdem habe ich mehrere Nachrichten von Vorstandsmitgliedern und dem Marketingdirektor erhalten, die mir zu meiner Initiative gratulieren. Sie versichern mir, dass die Annahmeraten des Unternehmens gestiegen sind und dass ich mehr von diesen Aktionen wiederholen sollte, obwohl ich das

Alicia gegenüber nicht zugeben werde. Ich habe immer noch meine Würde.

„Ich habe eine Bitte", flüstert sie und legt ihren Kopf auf meine Schulter.

„Ich werde mich heute nicht noch mehr zum Narren machen", warne ich sie.

„Das ist es nicht. Und du hast dich heute nicht lächerlich gemacht. Jedes Jahr an diesem Tag arbeite ich ehrenamtlich in einem Gemeindezentrum. Es ist das Viertel, in dem ich einige Jahre gelebt habe, als meine Eltern aus Mexiko ausgewandert sind. Ich würde mich freuen, wenn du dich mir anschließen würdest."

„Definiere Freiwilligenarbeit. Ich will keine Überraschungen", sage ich.

„Grundlegend geht es darum, viele Kinder aus armen Latino-Familien zu beschenken, die sonst nichts zu Weihnachten bekommen würden. Die Geschenke sind bereits gekauft, es wird dich nichts kosten. Wir werden sie nur ausliefern."

„Wo ist das?"

„East Harlem."

„Oh, nein, nein, nein. Keine Chance. Da kommen wir nie lebend raus", protestiere ich sehr ernst und schüttle meinen Zeigefinger vor ihrem Gesicht.

„Sidney. Ich bin in diesem Viertel aufgewachsen. Ich habe dort zwölf Jahre lang gelebt. Sie sind keine Kriminellen, sondern bescheidene, hart arbeitende Familien. Viele sind auf der Suche nach einer besseren Zukunft für ihre Kinder in die Vereinigten Staaten gekommen", erklärt sie mit einem traurigen Gesichtsausdruck.

„Sorry", seufze ich. „Ich habe es wohl vermasselt."

„Ein bisschen ja."

„In Ordnung, ich komme mit", sage ich und senke meine Stimme, obwohl ich immer noch nicht überzeugt bin. „Wann soll ich meinem Fahrer sagen, dass er die Limousine bereit machen soll?"

„Keine Limousinen. Wir fahren mit der U-Bahn", sagt Alicia. „Das ist der Moment, in dem du mir sagst, dass du noch nie mit der U-Bahn gefahren bist, stimmt's?"

„Doch, du Schlaumeier", erwidere ich triumphierend.

„Echt?"

„Erinnerst du dich an die Erweiterung der Q-Linie mit ihren drei neuen Stationen an der Second Avenue? An der 72nd, 86th und 96th Street? Ich war 2017 bei der Jungfernfahrt dabei, zusammen mit dem Bürgermeister und anderen Geschäftsleuten und Politikern. Du siehst also, dass ich mit der U-Bahn gefahren bin."

Alicia schlägt sich mit der Hand an die Stirn, als sie in Gelächter ausbricht, obwohl ich ehrlich gesagt nicht ganz verstehe, was so lustig ist.

„Heute wirst du wirklich mit der U-Bahn fahren. Ohne den Bürgermeister", verkündet sie und beugt sich zu mir, um meine Lippen zu küssen.

Und so sitzen wir eine halbe Stunde später in einem Waggon, der voller Menschen ist. Eine ganz andere Erfahrung als bei meiner ersten Fahrt mit diesem Verkehrsmittel.

„Es bedeutet mir sehr viel, dass du kommen wolltest", sagt sie, als wir das Gemeindezentrum betreten.

Ich erwidere ihr angespanntes Lächeln, obwohl mein Unbehagen immer größer wird. Ich hätte dem Spanischunterricht in der Schule mehr Aufmerksamkeit schenken sollen, denn ich verstehe nichts von dem, was sie mir sagen. Trotzdem versuche ich mein Bestes an einem Handwerksstand, umgeben von einer endlosen Schlange kleiner Kinder und mit Alicia als Übersetzerin.

„Du weißt, dass sie nicht beißen, oder?", scherzt Alicia.

„Ich habe eine Kinderphobie. Kinder machen mich sehr nervös, sie sind unberechenbar", gestehe ich.

„Ich liebe sie", seufzt sie mit einem Lächeln.

Und es muss wahr sein, denn neben ihnen scheint sie in ihrem natürlichen Element zu sein. Sie lächelt, umarmt sie, macht Witze. Es ist wunderbar zu sehen, wie sie es sich in einem Moment mit den Kleinen gemütlich gemacht hat.

Aber das Lächeln wird schnell von meinen Lippen gewischt, als eine kleine Kreatur am Ärmel meines Pullovers zerrt.

„Kannst du mir helfen, eine Weihnachtskarte zu malen?", fragt sie in gebrochenem Englisch, ihre großen schwarzen Augen sind groß.

„Wisch dir erst den Rotz ab!", schlage ich vor und ziehe ein Taschentuch aus meiner Tasche.

Das Mädchen lächelt und nimmt das Taschentuch, um sich die Nase zu putzen, aber Alicia wirft mir einen Blick zu, der so eisig ist, dass er mich erfrieren lässt.

„Hier", fährt sie fort und reicht mir das Taschentuch zurück.

„Nein, nein. Lass es liegen, du musst es mir nicht zurückgeben", verkünde ich mit einer Geste des Ekels.

Ich gebe zu, dass ich mit sehr wenig Begeisterung anfange, aber schon bald entwaffnet mich ihr Enthusiasmus und ich überrasche mich selbst, indem ich eine Weihnachtskarte mit viel mehr Glitzer als nötig verziere, zur Freude des kleinen Mädchens, das darauf besteht, dass wir noch ein bisschen mehr auftragen.

„Vielen Dank. Du bist so lieb", sagt sie, legt ihre Arme um meinen Hals und küsst mich auf die Wange, wobei sie etwas sabbert, aber mein Herz schmilzt.

„Wow", staunt Alicia. „Jetzt stehen sie Schlange für die Weihnachtskarten", fügt sie hinzu und deutet auf die Kinder um mich herum.

Ich lächle und zucke mit den Schultern. Und während ich auf dem Boden sitze und mit den Kleinen eine Glitzerkarte nach der anderen bemale, wird mir klar, wie glücklich ich gerade bin.

Vielleicht ist es gar nicht so schlecht, zu geben, ohne etwas dafür zu erwarten.

Kapitel 14

Alicia

„Bist du bereit für ein neues Abenteuer?", frage ich, als wir das Gemeindezentrum verlassen.

„Noch mehr Abenteuer? Hatten wir heute nicht schon ein paar?"

Sie versucht zu protestieren, aber tief im Inneren weiß ich, dass sie es will. Ihre Augen funkeln, als wir die Treppe der U-Bahn-Station hinuntergehen und das Lächeln auf ihren Lippen... dieses Lächeln ist unbezahlbar.

„Du wirst dich an den Geruch gewöhnen", versichere ich ihr, als sie ihre Nase leicht rümpft.

Ich glaube, sie hört mir nicht einmal zu. Sie bleibt vor ein paar Breakdancern stehen, die sich auf dem Bauch drehen und darauf warten, dass ihnen jemand ein paar Dollar gibt. Neben ihr suchen zwei obdachlose Männer auf einer Bank Schutz vor der kalten Straße, während etwa zwanzig Meter weiter rechts ein Mann in den Sechzigern Geige spielt. Alles scheint neu für Sidney zu sein. Sie reißt die Augen weit auf und staunt über eine Welt im Untergrund, die sie noch nie zuvor gesehen hat.

„Es ist, als gäbe es unter New York City eine ganz andere Stadt", flüstert sie, während wir warten.

Ein Rumpeln in der Ferne zeigt an, dass sich unsere U-Bahn nähert. Die Linie 6 nach Brooklyn. Sidney lehnt sich ungeduldig nach vorne, sobald der Zug zum Stehen kommt. Sie will in den Wagen klettern, noch bevor das Zischen der Hydraulikbremsen aufhört.

Zum Glück ist es nach der Rushhour und wir bekommen zwei Plätze. Ich nehme ihre Hand in meine, während sie alles aufmerksam beobachtet, ein Kaleidoskop des New Yorker Stadtlebens, das sie, obwohl sie in der Stadt geboren und aufgewachsen ist, vermisst hat. Teenager, die Hip-Hop hören, drei alte Frauen, die miteinander Chinesisch sprechen, eine Frau, die nicht von ihrem Buch aufschaut.

Sie deutet auf die Graffiti, die einen Teil eines der Bahnhöfe zieren. Lieder zu den verschiedenen Stadtteilen, freie Reime, Zeichnungen, kryptische Botschaften, die nur ihre Urheber verstehen.

„Sind wir schon da?", fragt sie, als die U-Bahn uns an der Station Brooklyn Bridge – City Hall verlässt. Ich würde sagen, sie ist sogar enttäuscht, dass die Fahrt so schnell ging.

Die untergehende Sonne taucht die Bögen der Brooklyn Bridge in ein wunderschönes goldenes Licht, als wir die U-Bahn verlassen.

„Wir kommen gerade rechtzeitig für einen romantischen Spaziergang über die Brücke", verkünde ich und deute mit meinem Kinn auf unser nächstes Ziel.

Händchen haltend gehen wir den Fußgängerweg entlang, um die Brücke zu überqueren. Ich bin sie schon oft gelaufen, aber aus irgendeinem Grund wirkt sie heute magisch. Die Skyline von New York City erhebt sich vor uns. Die Stahl- und Glastürme leuchten purpurrot, während ein Schwarm Möwen auf der Suche nach Futter umherfliegt und mit seinem Gekreische die Aufmerksamkeit der Passanten auf sich zieht.

„Es ist so anders", seufzt Sidney und lehnt ihre Stirn an meine.

„Du hast die Stadt schon immer vom Rücksitz einer Limousine aus gesehen, nicht wahr?"

„Ja", bestätigt sie, schließt die Augen und nickt langsam.

Wir verlassen die Brücke im Stadtteil Dumbo mit seinen Kopfsteinpflasterstraßen und Boutiquen.

„Willst du reiten gehen?"

„Hier?", fragt sie überrascht.

„Dort", sage ich und deute auf das alte Karussell aus dem Jahr 1922. „Bitte sag mir wenigstens, dass deine Eltern dich hierher gebracht haben, als du klein warst."

„Sie haben mich einmal ins Disneyland Paris mitgenommen", seufzt sie. „Nun, sie waren geschäftlich in Paris und ich war mit dem Kindermädchen dort, aber nie hier", gibt sie zu.

„Zwei Tickets", sage ich am Schalter, ohne nachzudenken.

Sidney sitzt bereits auf einem weißen Pferd mit einer goldenen Mähne und scheint sich mehr zu freuen als die kleinen Mädchen um uns herum. Sie springt sogar auf und ab, als hätte sie einen Zuckerrausch.

„Es war unglaublich", gesteht sie, als sie aussteigt.

„Ich hoffe, der Ausritt hat dir Appetit gemacht, denn hier gibt es eine der besten Pizzen in New York."

Der köstliche Geruch von Pizzen, die in einem Steinofen gebacken werden, erfüllt unsere Sinne, als wir uns der Pizzeria Juliana nähern. Dort teilen wir uns eine Pepperoni-Pizza zum Mitnehmen mit extra Mozzarella, die wir auf einer Bank mit Blick auf die Brooklyn Bridge genießen.

„Diese Pizza ist auf einem anderen Niveau", gibt sie zu und blinzelt.

„Du bist wirklich auf einem anderen Level. Ich finde es toll, wie sehr du Dinge genießt, die du buchstäblich jeden Tag tun könntest", scherze ich.

Sidney antwortet nicht. Ihr Blick wird ein wenig melancholisch und sie legt ihren Kopf auf meine Schulter, während ihr Blick in die Ferne schweift.

„Danke, es war ein wunderbarer Tag", sagt sie nach einer langen Zeit des Schweigens.

„Das war es", wiederhole ich wie ein verliebter Teenager.

„Was ist das für ein Blick?", scherzt sie.

„Ich weiß, es ist noch zu früh, aber ich fange an, mich in dich zu verlieben", gestehe ich.

„Wenn es dich tröstet, tue ich es auch", flüstert sie, bevor sie meine Lippen küsst.

„Ich wollte dich etwas fragen. Ich habe den ganzen Tag darüber nachgedacht und konnte nicht den richtigen Moment finden, um es anzusprechen", unterbreche ich und versuche, meine Stimme nicht vor Nervosität brechen zu lassen.

„Schieß los."

„Sind wir jetzt...?" Ich halte inne und formuliere meine Frage neu. „Gehen wir zu dem Silvesteressen im Einkaufszentrum als Paar?"

Ihre Augen weiten sich vor Überraschung und sie starrt mich an.

„Alicia Martínez, willst du als formelles Paar zum Silvesteressen in meinem Einkaufszentrum gehen?"

„Das habe ich gerade gesagt."

„Wäre das nicht zu offiziell?", fragt sie und zeichnet mit seinen Fingern Anführungszeichen, während sie das letzte Wort ausspricht.

„Schätze schon. Also, zwischen uns läuft es super. Wir werden beide bei dem Abendessen sein und..."

„Nein. Es tut mir leid, aber nein", unterbricht sie trocken.

„Was?"

„Nein, Alicia", beharrt sie.

„Aber ich dachte, wir wären zusammen, ich weiß nicht, auf eine ernstere Art, nicht nur Sex und..."

„Und das tun wir auch, aber das hier ist anders. Es wird die Zeit kommen, dass wir gemeinsam zu diesem Abendessen gehen. Nächstes Jahr vielleicht, oder das Jahr danach. Dieses Jahr ist es noch zu früh. Alle meine Angestellten werden dort sein, ich werde den Vorsitz am Haupttisch führen, die Zeitungen werden Fotos machen..."

„Du schämst dich, mit mir gesehen zu werden, ist es das?" Ich beiße mir auf die Innenseite meiner Lippe, bis ich mein eigenes Blut schmecke.

Ihre Worte treffen mich wie eine Tonne Ziegelsteine. Ich lasse ihre Hand sofort los, zittere und versuche, die harschen Worte zu verarbeiten. Ich hätte es besser wissen müssen. Ich bin nicht genug für ihre Welt. Sie kann nicht einfach bei seinem wunderbaren Galadinner auftauchen und sich an den Haupttisch neben eine mexikanische Einwanderin setzen. Was würde sie ihren Millionärsfreunden sagen?

„Ich schäme mich nicht, mit dir gesehen zu werden, Liebling, es ist nur noch zu früh", betont sie und legt zwei Finger unter mein Kinn, um mich dazu zu bringen, den Kopf zu drehen und sie anzusehen.

„Lass mich los!", rufe ich aus und schlage ihre Hand weg. „Ich dachte, du wärst anders, aber wie ich sehe, bist du es nicht."

„Alicia, bitte, ich..."

Ich höre ihr nicht zu, ich schaue sie nicht einmal an. Ich stehe auf und gehe ein paar Schritte in Richtung der U-Bahn-Haltestelle. Sie versucht, mich aufzuhalten, aber vergeblich. Ich eile die Treppe hinunter und wische mir die Tränen der Wut und Enttäuschung weg.

Als ich in die Kutsche einsteige, wird meine ganze Welt erschüttert. Ich dachte, wir hätten etwas Wahres. Ich habe mir ein Leben mit ihr vorgestellt. Ihr Geld, ihre Privilegien oder ihre Position interessieren mich nicht. Das habe ich ihr schon eine Million Mal gesagt. Aber es scheint, dass Sidney De Sallow zu viel von sich hält, um mit einer Frau zusammen zu sein, die in ihrem Einkaufszentrum Pralinen verkauft.

Kapitel 15

Alicia

Ich hasse es hier.

Scheiße, ich will das nicht. Ich wäre lieber irgendwo anders als hier. Wenn Rosa mich nicht buchstäblich hierher geschleppt hätte, wäre ich nicht gekommen.

Mein Herz bricht erneut, als ich die elegante Einladung in meiner Hand betrachte, deren goldene Schrift auf schweres Papier geprägt ist. Sidney hat dafür gesorgt, dass sogar die Einladung "Ich habe Geld" schreit.

Ich massiere meine Schläfen, als ob das die Kopfschmerzen lindern könnte, die mich quälen, seit wir uns vor der Brooklyn Bridge gestritten haben.

„Du siehst aus wie ein traurig schnaubendes Pferd", scherzt Rosa und stupst mich mit ihrem Ellbogen an. „Kopf hoch, ich bin sicher, du findest jemand besseren", fügt sie hinzu und drückt mir leicht die Schulter.

Ich ziehe es vor, nicht zu antworten. Sie spricht über Sidney und meine Augen füllen sich mit Tränen. Ich will das Make-up nicht ruinieren.

„Schau dich an, du bist wunderschön. Wie eine Märchenprinzessin. Die Frauen werden ihre Augen nicht von dir abwenden können", sagt sie.

„Ich wünschte, ich hätte eine gute Fee, die mich von diesem Scheißort wegzaubert", beschwere ich mich.

„Hör auf zu protestieren, die halbe Stadt ist hier", sagt Rosa und deutet mit ihrem Kinn auf die Schlange, die in den von Sidney reservierten Speisesaal will.

„Name?", fragt ein adrett gekleideter Kellner mit einer langen Liste in der Hand.

„Alicia Martínez."

Meine Stimme bricht, als ich meinen Namen sage und für einen Moment möchte ich mich umdrehen und weglaufen.

„Tisch zweiundzwanzig", sagt der Mann in einem gelangweilten Ton. Sicherlich wäre auch er heute Abend lieber woanders.

„Da ist unser Tisch", verkündet Rosa und führt mich am Ellbogen in eine Ecke, die teilweise von einem riesigen Weihnachtsbaum verdeckt wird.

Ich muss nicht einmal einen Blick auf die Karten werfen, die die anderen Gäste an unserem Tisch anzeigen, um zu erkennen, dass wir so weit wie möglich vom Prestige entfernt sitzen. Es ist klar, dass wir kleinen Geschäftsleute, die einige ihrer Räumlichkeiten mieten, nicht würdig sind, die gleiche Luft zu atmen wie Sidney De Sallow oder die wichtigen Leute, die neben ihr am Präsidententisch sitzen.

„Wenigstens gibt es danach eine offene Bar. Ich habe vor, den Gegenwert eines Monatsgehalts zu trinken", scherzt Rosa, obwohl ich sie kaum höre.

Ich weiß genau, dass mich heute Abend nicht einmal literweise Alkohol trösten wird, denn da ist sie, die ihren triumphalen Auftritt hat. Sie hält die Zeit an.

„Scheiße!", flüstert Rosa.

Und das schwarze Kleid, das sie gewählt hat, scheint über ihren Körper zu fließen wie flüssiges Metall. Und diese nackten Schultern, diese Schlüsselbeine, die ich schon so oft geküsst habe, sind einfach zu viel für mich. Sogar die verdammte Edelstein-Halskette, die sie trägt, scheint mich dazu aufzufordern, ihren Hals zu streicheln.

„Was zum Teufel! Sie sieht toll aus", seufze ich.

„Ja, es ist nicht schwer, gut auszusehen, wenn man für ein Designerkleid und die Haare mehr ausgeben kann, als man im Jahr verdient. Ich rede nicht von dem Schmuck", protestiert Rosa, als mir schlecht wird.

Ich nicke langsam und kann den Blick nicht abwenden, während Sidney mit einem Mann mit einem riesigen Schnurrbart und einem noch größeren Bauch spricht. Sie lächelt, aber das Lächeln schafft es nicht ganz in ihre schönen blauen Augen.

Und plötzlich wenden sich dieselben Augen, in denen ich mich schon so oft verloren habe, ab. Sie durchqueren den Raum bis zu meinem Tisch, als würden sie meinen Blick wahrnehmen und für einen Moment steht die Zeit still. Das geschäftige Treiben der Unterhaltung, das Klirren der Gläser, alles verblasst. Es ist, als wären sie von der Leere verschluckt worden und alle meine Sinne konzentrieren sich auf sie.

Mist. Heute Abend wird es zu hart.

„Nein!", murmele ich vor mich hin und balle meine Fäuste, während ich wegschaue.

Nein.

Ich bin für sie nur ein schmutziges Geheimnis. Sie hält mich nicht für ausreichend, um sich mit dem großen Reichtum von New York zu messen. Sie schämt sich, mit mir gesehen zu werden, eine mexikanische Einwanderin, die ihren Lebensunterhalt mit der Herstellung von Pralinen verdient.

Und ihr Name im Mund eines Kollegen holt mich in die Realität zurück.

„Ich wette, diese Sidney hat ihren Angestellten das Gehalt gekürzt, um die glitzernden Ohrringe zu kaufen", grummelt sie. „Verdammte Schlampe."

„Wovon zum Teufel redest du, Arschloch?", quieke ich hilflos.

Der Tisch schaut mich überrascht an, obwohl ich die erste bin, die überrascht ist.

„Jeder weiß es. Wir sind ihr scheißegal, wir sind nur Werkzeuge, um noch mehr Millionen zu verdienen", fügt eine Frau neben mir hinzu.

„Du kennst sie doch gar nicht", protestiere ich.

Bevor ich weiterreden oder jemanden ohrfeigen kann, ergreift Rosa zum Glück meine Hand, drückt sie und zieht mich ein paar Meter vom Tisch weg.

„Was machst du?", fragt sie und zieht die Augenbrauen hoch, sobald wir weit genug voneinander entfernt sind. „Ich weiß, dass du noch Gefühle für sie hast, aber du musst die Eiskönigin nicht verteidigen. Sie wird den ganzen Abend beleidigt sein und es wird nur noch schlimmer werden, sobald die Weinflaschen rollen, also kannst du dich jetzt entspannen."

„Ich hasse Menschen, die urteilen, ohne etwas zu wissen", seufze ich.

„Die Tatsache, dass sie sich für dich schämt und nicht in deiner Nähe gesehen werden will, sagt viel über sie aus, oder? Versuch also bitte, nicht mit all unseren Tischnachbarn zu streiten."

So sehr es auch schmerzt, ihre Worte zu hören, so sehr es auch schmerzt, wenn ihre Angestellten schlecht über sie reden, weiß ich, dass Rosa recht hat. Ich habe mich in Sidneys zarte und verletzliche Seite verliebt. Eine Seite von ihr, die sie nur im Privaten zeigen kann. Wenn es hart auf hart kommt, ist der Schutz ihres Images wichtiger als ihre Gefühle.

„Du hast etwas Besseres verdient", versichert mir Rosa und drückt mir leicht die Schulter, bevor sie mich zurück zum Tisch führt.

Ich blinzle mehrmals, um die Tränen zurückzuhalten, und schaue wieder auf diese schillernde Frau, die mein Herz in tausend Stücke gebrochen hat.

„Ich weiß", seufze ich. „Aber ich liebe sie immer noch."

Kapitel 16

Sidney

Ich starre mein Spiegelbild an, während Claire mir hilft, die Halskette meiner Großmutter zu richten. Ich gebe zu, dass es mir schwer gefallen ist, mich zu entscheiden. Einen Moment lang war ich versucht, den mexikanischen Jet-Anhänger zu tragen, den Alicia mir geschenkt hatte, aber Claire bestand immer wieder darauf, dass er viel besser zu einem legeren Outfit passen würde, nicht zu einer Dinnerparty.

„Sie sehen wunderschön aus, Chefin", versichert mir meine Assistentin und begegnet meinem Blick im Spiegel.

Ich lächle, aber es ist ein leeres Lächeln. Ich weiß, dass ich heute Abend nicht ich selbst sein werde. Ich werde einfach eine Rolle spielen, an die ich mehr als gewöhnt bin. Ich werde Sidney De Sallow sein, die Erbin von De Sallow's Department Store, dem führenden Kaufhaus der Stadt. Eine unerbittliche Geschäftsfrau, die unantastbar über meine Angestellten wacht. Aber ich werde nicht Sidney sein, die Frau, die nur Alicia kennt.

Mit einem langen Seufzer richte ich mein Kleid zurecht und werfe einen letzten Blick in den Spiegel auf mich. Die jährliche Silvestergala im Kaufhaus meiner Familie war schon immer ein Muss für mich, seit ich ein kleines Mädchen war. Aber dieses Jahr wird es anders sein, dieses Jahr wird es mir das Herz brechen, daran teilzunehmen.

„Die Limousine steht vor der Tür", verkündet Claire.

Ich nicke und schaue mich kurz in meiner Wohnung mit Blick auf den Central Park um. Die Weihnachtsdekoration, auf die Alicia bestanden hat, erscheint mir jetzt wie ein Relikt aus der Vergangenheit. Ein Echo auf ein einfacheres Leben, das ich mir ein paar Tage lang vorgestellt hatte.

Vor dem Restaurant ist ein roter Teppich ausgerollt. Kamerablitze leuchten auf, als die New Yorker Elite vor der Menge stolziert. Die Silvestergala des De Sallow Warehouse ist ein Ereignis, das sich sehen lassen kann. Ich halte meinen Kopf hoch, den Rücken gerade und vermeide den Blickkontakt mit der Presse, als mein Name aufgerufen wird.

Die Halskette mit den Edelsteinen meiner Großmutter fühlt sich kalt auf der nackten Haut meines Halses an. Ich drücke die Halskette, die Alicia mir geschenkt hat, in der Hand. "Sie hat magische Eigenschaften und bringt demjenigen, der sie trägt, Glück", hat sie mir an diesem Tag gesagt.

Die grellen Lichter des Speisesaals blenden meine Augen, als ich am Arm eines alten Investors mit einem der großen Vermögen des Landes eintrete, der mich mit einem Blick ansieht, der mich würgen lässt.

„Du siehst heute Abend umwerfend aus", ruft er aus.

Ich bemühe mich, höflich zu sein und lasse seinen Arm los, um zum Tisch des Präsidenten zu gehen, wo ein Schild mit meinem Namen in goldenen Buchstaben auf mich wartet.

„Lächeln", erinnere ich mich, als die Kellner Getränke und Snacks anbieten, obwohl mir nicht nach Lächeln zumute ist.

Ich erinnere mich an die Worte meines Vaters, als ich ein Kind war. "Lächle, wenn dich jemand anschaut. Lache, wenn es angebracht ist. Nicke bei langweiligen Geschichten." Ich habe diese Rolle schon viel zu oft gespielt, aber heute Abend ist die Maske, die ich trage, schwerer als je zuvor.

Ich schaue mich in der riesigen Halle um und scanne die Flut von elegant gekleideten Gästen auf der Suche nach der einen Person, die ich wirklich sehen will. Diejenige, die einen Blick hinter meine Verkleidung geworfen hat.

„Du scheinst heute Abend abgelenkt zu sein", murmelt der Seniorpartner einer bekannten Anwaltskanzlei. „Läuft alles gut mit den Weihnachtsumsatzzahlen?"

„Ich bin einfach nur müde. Du weißt doch, dass wir viel zu tun haben", gebe ich vor, obwohl ich meinen Blick nicht von Alicias Tisch abwenden kann, der fast versteckt im hinteren Teil des Speisesaals steht. Warum wurde sie so weit weg platziert?

Die Lüge schmeckt bitter für mich, aber wie soll ich erklären, dass ich mich gerade wie ein miserabler Mensch fühle? Ich soll im Mittelpunkt stehen, sehr wichtige Leute haben sich Zeit genommen, um bei dieser Silvestergala dabei zu sein. Und ich wünschte, ich wäre in Alicias kleiner Wohnung, mit ihr auf dem Sofa zusammengerollt, während wir uns einen albernen Weihnachtsfilm ansehen.

Ich hasse mich jede Minute dafür, dass ich zugelassen habe, dass meine Angst und mein Stolz sie von mir weggetrieben haben.

„Probier mal eine von diesen Pralinen, Sidney", sagt der Großaktionär eines Ölkonzerns. „Der neue Laden, den sie in deinem Einkaufszentrum eröffnet haben, ist ein Wunder. Ich habe fünfzig Schachteln gekauft, um sie zu Weihnachten zu verschenken."

Und als sie Alicias Pralinen erwähnt, beschleunigt sich mein Puls.

„Das sind die besten Pralinen der Welt", seufze ich und ein albernes Grinsen umspielt meine Lippen.

Bevor ich einen weiteren Kommentar abgeben kann, erscheint Claire hinter mir.

„Alles ist bereit für die Rede", flüstert sie und legt mir eine Hand auf die Schulter.

Mit einem Lächeln entschuldige ich mich und versuche, meine Gedanken von Alicia Martínez abzulenken, während ich mich darauf vorbereite, das Wort zu ergreifen. Wie jedes Jahr füllt höflicher Beifall den Raum. Für diese Leute bin ich Sidney De Sallow, die Chefin eines von meinem Großvater aufgebauten Geschäftsimperiums. Niemand kennt die Frau, die in den vergangenen Tagen in Alicias Bett schlief, nackt und verletzlich.

Ich trete ans Mikrofon, bereit, die übliche, von meiner Werbe- und PR-Abteilung vorbereitete Rede zu halten. Ich werde wieder einmal über Opferbereitschaft, die

Freude an Weihnachten und den Erfolg des Unternehmens sprechen.

„Guten Abend und willkommen", beginne ich.

Als ich jedoch in das Meer der teilnahmslosen Gesichter vor mir blicke und mir klar wird, dass sie auf die gleiche alte Rede warten und vor allem darauf, dass ich es schnell hinter mich bringe, damit sie mit ihrem Essen weitermachen können, rebelliert mein Herz.

Etwas macht in mir klick.

Ich bin müde.

Es zermürbt mich jeden Tag, diese Maske aufzusetzen, so zu tun, als wäre ich jemand, der ich nicht bin. Ich bin nicht mein Vater, nicht mein Großvater. Ich bin Sidney. Ja, ich trage vielleicht den Namen De Sallow, in guten wie in schlechten Zeiten. Aber das zwingt mich nicht dazu, jemand zu sein, der ich nicht sein will.

Aus einem Impuls heraus wende ich mich von der kleinen Bühne ab und gehe auf den Tisch zu, wo Alicia mich mit großen Augen anstarrt. Ich höre das Gemurmel, das sich im Raum ausbreitet, aber sobald ich vor ihr stehen bleibe und ihre Hände nehme, verstummt jeder Ton.

„Es tut mir so leid", flüstere ich und merke gar nicht, dass mein Mikrofon an meinem Kleid befestigt ist und meine Worte im ganzen Raum verstärkt werden.

Alicia sieht mich mit offenem Mund an, ohne etwas zu sagen.

„In den letzten Tagen an deiner Seite war ich glücklicher als je zuvor. Ich bin eine Idiotin, wenn ich mich darum sorge, was andere Leute denken, wenn mein Herz nur für dich schlägt. Kannst du mir verzeihen, kannst du heute Abend bei mir sein, wie du es von Anfang an hättest sein sollen?"

„Sidney... das Mikrofon", seufzt sie und deutet auf das kleine Gerät, das meine Entschuldigung über die Lautsprecher verstärkt.

Ich schaue mich kurz im Raum um und kann den Ausdruck auf den Gesichtern der meisten Leute kaum erkennen. Es ist eine Mischung aus Überraschung, Belustigung... Verständnis... Freude.

„Es ist mir egal", gebe ich zu, schüttle den Kopf und zucke mit den Schultern.

Zu meiner Überraschung steht Alicia auf und küsst mich ohne Vorwarnung auf die Lippen. Ein dumpfes Geräusch verbreitet sich unter den Gästen. Dann folgt eine Reihe von Jubelrufen und Applaus. Und zum ersten Mal stehe ich als ich selbst vor ihnen. Sie sehen nicht mehr die Frau, die sich hinter einer Maske versteckt und eine Rolle spielt, die ihre Familie für sie ausgesucht hat. Sie sehen die echte Sidney De Sallow.

Mit dem Herzen in der Faust führe ich Alicia an der Hand zu der kleinen Bühne und ergreife das Wort, um das Gemurmel der Gäste zum Schweigen zu bringen.

„Guten Abend noch mal und entschuldigen Sie die Unterbrechung", grüße ich mit einer Stimme, die lauter und klarer ist als zuvor.

Ein tosender Applaus geht durch den Raum und ich muss ein paar Sekunden warten, bis ich weitermachen kann.

„Ich entschuldige mich für den ungewöhnlichen Beginn meiner Rede heute Abend, aber es ist Weihnachten. Ich soll über die Magie dieser Zeit des Jahres sprechen und für mich ist es wichtig, die Frau zu würdigen, die mich die wahre Bedeutung der Magie dieser Feiertage gelehrt hat. Oder die Liebe", seufze ich und merke, wie ich bis zu den Ohrenspitzen rot werde.

Alicias Augen tränen bei dem Gedanken, dass sie vor einem Publikum steht, das nur die kälteste Version von mir kennt. Eine Person, die ich nicht bin und auch nicht wieder sein will.

Zum ersten Mal in meinem Leben halte ich mich nicht an eine vorbereitete Rede. Sie kommt aus dem Herzen. Ich spreche von Erneuerung, von Vergebung, davon, den Weihnachtsgeist und das wahres Selbst zu umarmen. Von Freude und von der Familie.

Die Reaktion ist nicht der höfliche Applaus, den ich gewohnt bin, sondern Standing Ovations, als Alicia zu mir kommt, mir die Tränen von der Wange wischt und mir einen zärtlichen Kuss gibt.

„Das war wunderschön", versichert sie mir und streichelt mich mit ihrem Handrücken.

Und als wir uns in der Mitte der Tanzfläche in die Arme fallen, gibt es keine Masken oder Rollen mehr zu spielen. Wir sind einfach Sidney und Alicia, zwei Frauen, die einen magischen Moment teilen.

Alicia lehnt ihren Kopf an meine Schulter und seufzt. Und die Lichter verblassen, die Gäste verschwinden und ein seltsames Glücksgefühl durchströmt meinen Körper.

„Es tut mir so leid", entschuldige ich mich.

„Halt die Klappe", flüstert sie und bedeckt meinen Mund mit ihrer Hand.

Ich lege meine Finger unter ihr Kinn, so dass sich unsere Blicke treffen, und in ihrem lese ich ein stilles Versprechen. Das Versprechen auf eine Zukunft voller Lachen und Intimität. Von Küssen und Umarmungen. Von magischen Momenten.

„Danke, dass du mich daran erinnert hast, wer ich wirklich bin", flüstere ich ihr ins Ohr.

„Ich wollte nicht kommen", gibt sie zu. „Aber nun ist die Nacht perfekt. Ich kann mir nichts mehr wünschen."

„Ich möchte nur das Gesicht meiner Mutter sehen, wenn sie es morgen erfährt", gestehe ich und blinzle.

Und als die Musik verklingt, schauen wir uns an und lächeln. Es sind keine Worte nötig. Unsere Geschichte mag gerade erst begonnen haben, aber es ist ein Anfang voller Illusion und Hoffnung.

Vor allem ein Anfang der Liebe.

Andere Bücher der Autorin

Dr. Stone

Vor einem Jahrzehnt veränderte eine tragische Operation das Leben von Dr. Jackie Stone und Sarah Taylor für immer. Verfolgt von dem Verlust ihrer Patientin, hat sich Dr. Stone seitdem in ihre Arbeit vertieft, in dem Glauben, dass sie dem Schmerz ihrer Vergangenheit entkommen kann, wenn sie beschäftigt bleibt.

Sarah Taylor, eine entschlossene Assistenzärztin am renommierten Watson Memorial Hospital in Manhattan, wird von genau der Ärztin betreut, die vor zehn Jahren bei der verhängnisvollen Operation ihres Bruders dabei war.

Während sie danach strebt, eine renommierte Chirurgin zu werden, muss Sarah mit der

emotionalen Last fertig werden, in demselben
Krankenhaus zu arbeiten, in dem ihr Bruder
gestorben ist – unter dem wachsamen Auge der
Frau, die ihn nicht retten konnte.

Verpasse nicht diesen fesselnden medizinischen
Liebesroman, in dem es um Vergebung, Heilung
und die transformative Kraft der Liebe geht.

Dr. Torres

Nicole betreibt einen beliebten
Gesundheitspodcast, den sie mit einer Legion von
Followern auf TikTok verbindet.
Mit ihren siebenundzwanzig Jahren ist sie witzig,
geistreich und charmant.
Um den Herzmonat zu feiern, hat sie sich
aufgemacht, einige der besten Ärzte des Landes zu
interviewen, darunter Dr. Torres.

Dr. Inés Torres leitet die kardiologische Abteilung am Watson Memorial Hospital in New York City und hat den Ruf, cooler zu sein als der Stahl ihres Skalpells.

Mit ihren vierzig Jahren lässt sich ihr Leben in vier Worten zusammenfassen: „All work, no play."

Ihr Herz schlägt nur für ihre Patienten.

Wird Nicole Dr. Torres dazu bringen, ihren Schutz aufzugeben und eine neue Motivation in ihrem Leben zu finden?

Dr. Harris

Ein Arzt, der in eine Assistenzärztin verliebt ist.

Ein Assistenzärztin, die in eine Patientin verliebt ist.

Eine Patientin, die in sich selbst verliebt ist.

Dr. Rachel Harris hat sich immer an die Regeln gehalten ... bis sie eine Patientin kennenlernt, die

nach einem schweren Unfall ins Krankenhaus
kommt und im künstlichen Koma liegt.

Jeden Tag, während sie sich um diese Patientin
kümmert, lässt Dr. Harris ihrer Fantasie freien Lauf
und stellt sich eine perfekte Zukunft mit ihr vor.

Ihre Welt bricht jedoch zusammen, als die
Patientin aus dem Koma erwacht und ihr wahres
Ich offenbart: eine launische, egozentrische Frau,
die ganz anders ist, als Rachel es sich vorgestellt
hat.

Gekreuzte Ziele

- Die CEO eines Technologieunternehmens,
  deren Methoden an die Grenzen der Ethik
  stoßen.

- Eine Journalistin, die auf der Suche nach der
  Wahrheit ist und sich unbedingt beweisen will.

Was kann da schon schiefgehen?

Sobald sie sich treffen, fühlen sich die beiden Frauen

sofort zueinander hingezogen, aber ihre beruflichen Ziele werden ihre Beziehung auf die Probe stellen.

Als Sarah ein dunkles Geheimnis im Herzen von Haileys Firma aufdeckt, steht sie vor einer schwierigen Entscheidung?

Wird sie ihre journalistische Integrität schützen, indem sie die Wahrheit aufdeckt, oder wird sie sich von ihren Gefühlen für Hailey blenden lassen?

Kann ihre Beziehung dem Druck standhalten oder wird sie explodieren?

Gekreuzte Ziele ist ein Roman, der in der Finanzwelt spielt und die Gefahren der Technologie für das Recht auf Privatsphäre untersucht.

Tie Break

Brooke McKlain ist den Tennisfans ein Begriff. Elena hat keine Ahnung, wer sie ist. Sie weiß nur, dass sie ihr Leben ruiniert.

Als Brooke beschließt, sich in einem Luxushotel auf
Hawaii eine Auszeit zu gönnen, hat sie nicht erwartet,
dass die Frau, die sie vom ersten Moment an
herausgefordert hat, ihr zeigt, was Liebe ist.
Elena wird sie dazu bringen, viele Dinge zu hinterfragen
und zu erkennen, wie viel sie verpassen.
Aber ihre Welten sind zu unterschiedlich, und die Dinge
sind nie so einfach, wie sie scheinen ... vor allem, wenn
das öffentliche Image mehr wiegt als die Gefühle.

Das Café der zweiten Chance

Phoenix steht kurz davor, sich den Traum ihres Lebens
zu erfüllen. Ihr kleines Café in einem malerischen Teil
von Edinburgh ist bereit zur Eröffnung.
Es hat Jahre gedauert, aber es hat sich gelohnt. Die
Eröffnung ist ein Erfolg und das Café füllt sich mit
Freunden und Familie.
Doch als Erin Miller überraschend auftaucht, kann das

161

nur eines bedeuten: Ärger.

Warum ist sie zurück in Edinburgh?

Phoenix weiß nicht mehr genau, wie sie mit jemandem wie Erin Miller befreundet war, dem rebellischen Mädchen aus der Highschool, das Herzen gebrochen hat, ohne an die Konsequenzen zu denken.

Eine verrückte Nacht, etwas Alkohol und etwas, das Phoenix lieber für immer vergessen würde.

Am nächsten Tag war Erin verschwunden ... für sechs lange Jahre.

Was machte sie jetzt bei der Eröffnung ihres Cafés?

Warum spürte sie immer noch dieselben Schmetterlinge im Bauch, wenn Erin Miller lächelte?

Sie sagt, sie habe sich verändert.

Ist das möglich? Kann sich jemand wie Erin Miller ändern?

Verdient sie eine zweite Chance oder wird sie wieder verschwinden wie vor sechs Jahren?

Lügnerin

Nina Álvarez hat alles. Sie ist die Kapitänin der Highschool-Basketballmannschaft und eines der beliebtesten Mädchen der Schule. Ganz zu schweigen von ihrer vielversprechenden Karriere als Social-Media-Influencerin.

Eine unglückliche Bemerkung auf einer Party. Ein Video, das sie nicht in den sozialen Medien hätte posten sollen, und eine Reihe widriger Umstände lassen ihr perfektes Image ins Wanken geraten.

Da sie als homophob gebrandmarkt wurde, verliert sie nicht nur in den sozialen Medien an Anhängern, sondern mehrere Universitäten haben beschlossen, ihr Basketball-Stipendien zu entziehen.

In Panik fasst Nina einen schnellen Entschluss: Sie

wird mit einem der Mädchen aus ihrer Highschool ausgehen. Jemand, den ihre beliebten Freunde nicht ausstehen können... Alexia Taylor.

Alexia ist das komplette Gegenteil von Nina. Sie ist klug und ruhig und verbirgt ihre sexuellen Vorlieben nicht. Ihr größter Wunsch ist es, eines Tages bei der NASA zu arbeiten, und dafür muss sie perfekte Noten haben.

Ninas Angebot interessiert sie natürlich überhaupt nicht, aber als ihr Freund Cris in die Quere kommt, wird es nicht so einfach sein, es abzulehnen.

Operation Vanessa

Als sich Riley, das rebellische Mädchen der West-wood High, in Vanessa verliebt, weiß sie, dass sie einen harten Kampf vor sich hat. Die unantastbare Kapitänin des Cheerleader-Teams wird es ihr nicht leicht machen. Zwischen ihnen liegt eine Kluft aus sozialen Erwartungen und unsichtbaren Barrieren, die das Highschool-Leben bestimmen.

Da Riley mit ihren Gefühlen nicht umgehen kann, holt sie sich die Hilfe von Alexia, einer Musterschülerin mit einem Händchen fürs Schreiben.

In echter Cyrano de Bergerac-Manier entwickeln sie einen Plan, um das Herz der Cheerleaderin zu gewinnen.

Doch während Riley und Alexia sich in der komplexen Welt der Highschool-Sozialleiter zurechtfinden, stellen sie bald fest, dass die Mauern zwischen ihnen brüchiger sind, als sie es sich je vorgestellt haben.

Milton Keynes UK
Ingram Content Group UK Ltd.
UKHW010727241123
433194UK00001B/184